KB253715

내 이름은 테스파

내 이름은 테스파

내 이름은 테스파

박강민 지음

들어가며

2년 동안 에티오피아에서 살면서 때로는 지치고 힘들었지만 매 순간 단어로 형용할 수 없는 감동과 뿌듯함을 느꼈다. 그 경험을 조금이나마 전달하고 싶어 천천히 써 내려가기 시작했다.

사람들은 에티오피아에서 살던 이야기라고 하면 무용담을 기대한다. 전기를 직접 발전해 썼고, 물이 없어 흙탕물을 정수해서 먹은 그런 무용담이 있으면 더 흥미로웠을지는 모르겠지만, 무용담은 아니다. 그렇다고 흥미진진한 에티오피아 여행기도 아니다. 매일의 일상들과 느낀 점들을 다시 한 번 정리한 것뿐이다. 하지만 그 일상 속에는 한국의 평범한 일상에서는 느낄 수 없는 이야기들이 있다.

가정폭력과 에이즈에 견디다 못해 자신의 자식들을 입양 보내고 싶다는 슬픈 이야기, 학비가 없다며 울며 도와 달라는 친구의 이야기이다. 또 그 속에서 그들을 어떻게 하면 더 도와줄 수 있을까 고민하고 고민한 일과 우여곡절들이다. 평범한 일상에서는 느낄 수 없는 이야기이다.

이 이야기를 통해 에티오피아를 더 잘 알게 되었으면 좋겠다. 막연히 에티오피아 하면 떠오르는 뼈만 앙상하고 굶주림에 허덕여 배만 볼록 나온 아이들, 난민, 내전 같은 부정적인 이미지가 아니라 진짜 에

티오피아를 알게 되었으면 좋겠다. 진짜 에티오피아는 정 많은 사람들이 많은 곳이고 서로가 평화롭게 어울려 사는 곳이라는 것을. 그리고 굳이 에티오피아에서 봉사활동을 하거나 물질적인 것을 기부해야만 이들을 도울 수 있는 것은 아니라는 것도 이야기하고 싶다.

에티오피아에서의 내 이름은 '테스파'였다. 테스파, 에티오피아 언어인 암하릭으로 '희망'이라는 뜻이다. 나를 희망이라 불러 주는 그 곳에서 나는 그들에게 어떤 희망이 되어 주었을까?

가난한 사람들에게는 따뜻한 말과 정성이 담긴 도움을 통해, 비관에 빠진 사람들에게는 가난을 극복한 우리의 역사를 통해, 그리고 나의 성실한 모습을 통해 희망을 보여 주는 사람이고 싶었다.

2년 동안 내가 정말 그런 사람이었는지는 자신할 수 없다. 더 열심히 하지 못해 후회가 남는 일들도 있고 이들을 더 사랑하지 못한 것에 아쉬움도 남는다. 에티오피아 친구들에게 그리고 내가 만났던 사람들에게 내가 얼마나 좋은 '테스파'였는지 모르겠지만, 조금이나마 내 이름처럼 '테스파'였으면 하는 작은 희망을 품어 본다.

목차

목차

✦

목차

목차

Chapter6

하라르 직업전문대학 창업지원센터

목차

Chapter **1**

쌀람!
에티오피아

놀거리가 부족한 아이들은 길거리에 앉아 무료하게 하루를 보낸다.
남동생은 누나가 발라 준 메니큐어가 싫은 모양이다.

설렘 가득 아프리카로

저녁 비행기 창밖으로 멀어지는 한국의 야경을 지켜보면서 그제야 실감이 났다. '아! 진짜 에티오피아에 가는구나.' 3월 초에 시작된 훈련은 6월 중순이 되어서야 끝이 났고 3개월 남짓의 시간이 있었지만 비행기가 하늘을 날기 전까지 실감하지 못했나 보다. 저녁 12시였는데도 잠을 이루지 못했다. 왜 해외 봉사라는 선택을 했을까 하는 후회가 밀려오기 시작했다.

한국국제협력단(KOICA, Korea International Cooperation Agency)의 국제협력요원을 지원한다 했을 때, 아버지는 나를 말렸다. 진학할 수도 있고, 병역 특례로 회사에 입사해 마쳐도 되는 군 복무를 왜 굳이 해외에서 그것도 아프리카에서 하느냐며 반대하셨다. 그 무렵 다니던 학교에선 한 달 걸러 동기와 후배들의 자살 소식이 들려왔고 급기야는 학교에 조문소가 세워지고 방송국 취재진이 왔다 갔다 하기 시작했던 때이다. 과 후배의 자살 소식은 조금 더 큰 충격으로 다가왔고, 숨 쉴 틈 주지 않는 빡빡한 학교생활에서 벗어나 새로운 것에 도전하고 싶었다. 앞뒤 따지지 말고 지금 내가 행복한 일을 해야 한다는 누군가의 말도 떠올랐다. 그러던 중에 병역을 대체할 수 있는 KOICA의 국제협력요원이 눈에 들어왔다. KT IT 서포터즈로 소외 계층에게 컴퓨터를 가르쳐 준 경험, 멕시코의 봉사 단체에서 지식 나눔 봉사를 한 뿌듯했던 경험들이 생각이 났다.

일상에서 벗어나 아프리카 에티오피아에서 누구도 해보지 못한 경험을 하고 어려움에 처한 사람들을 도울 수 있다면, 앞으로의 2년이 뿌듯하고 행복하지 않을까? 결국 지원서를 냈고 몇 달에 걸친 면접과 시험을 치루면서, 그리고 국내 훈련을 마치면서 이런 생각은 변함이 없었다.

하지만 막상 떠나는 비행기 안에서 후회가 밀려오기 시작했다. 나는 준비가 다 된 줄만 알았다. 늦은 저녁 집을 나서면서도, 집에서 마지막 저녁을 먹으면서도, 그리고 출국장에서 눈물 흘리며 아쉬워하는 가족들을 보면서도 씩씩하게 다녀오겠다고 이야기했던 나인데, 뒤늦게 현실을 깨달았고 그제야 후회가 들었다. 사랑하는 사람들과 익숙한 곳을 떠나 생각보다 더 어렵고 힘들지 모르는 길을 택했다는 생각이 들었다. 후회와 함께 두려움도 있었다. 아프리카 에티오피아, 다큐멘터리에서 보아 왔던 입술에 접시를 끼고 다니는 사람들, 동물에서 갓 벗겨 낸 가죽으로 아랫도리만 가리고 한 손에 기다란 창을 얼굴에는 하얀색 분칠을 한 사람들 이런 것들을 생각하다 보니 두려움이 점점 커졌다. 훈련 기간 동안 아무리 아프리카의 실상에 대해서 듣고 배웠지만 직접 아프리카를 경험하지 않는 이상 그 다큐멘터리에서 봤던 다소 충격적인 영상들이 아프리카의 진짜 모습일 것만 같았다. 물론 돌이켜보면 한바탕 크게 웃을 만큼 허무맹랑한 생각이었지만 아프리카에 다다르기 10시간 전 비행기 안에서의 생각은 그랬다.

이런저런 생각에 잠 못 이루던 두바이행 에미레이트 비행기는 우여곡절 끝에 두바이 발 에티오피아항공으로 바뀌어 있있다. 에티오피아항공 비행기 안에는 함께 출발한 9명의 봉사단 말고는 대부분 흑인이었다.

"도로 스쪘."

내 암하릭(에티오피아 언어) 첫마디. 점심으로 무엇을 먹겠느냐는 에티오피아 항공 승무원에게 닭 요리를 달라던 그 첫마디다. 멀리서부터 승무원이 보이자마자 현지어 교재를 꺼내 뒤적뒤적 조합해서 했던 그 간단한 암하릭만으로도 환하게 미소 짓는 승무원을 보니, 지난 밤 했던 쓸데없는 후회와 두려움은 사라졌다. 한 푼 두 푼 모아 친구들과 떠났던 첫 해외여행의 설렘처럼 미지의 땅에 대한 설렘이 가득 찼다.

아프리카에서의 2년은 그렇게 시작되었다.

길에서 주운 타이어만으로도 신나게 놀 수 있다.
처음 보는 외국인이 신기한지 한참을 멀뚱멀뚱 쳐다만 보았다.

검은 대륙 아프리카의 에티오피아

에티오피아 수도 '아디스 아바바'의 국제공항의 모습은 우리 고속버스터미널 수준이고, 반백 년은 되어 보이는 차들과 신호등과 차선이 없는 거리를 보면, 에티오피아에 도착했구나 라는 느낌이 든다.

에티오피아는 '그을린 사람들의 땅'이라는 뜻으로 '아비시니아'라고도 불린다. 그을린 사람들의 땅이라는 명칭에 맞게 이곳 사람들은 우리가 흔히 생각하는 흑인의 모습은 아니다. 겉모습은 흑인과 백인의 중간쯤 되는 특징인데, 그렇다고 아시아인을 닮은 것은 아니다. 갈색 피부를 가지고 있는 것은 흑인의 특징이지만 생김새는 좁은 코와 얇은 입술 큰 눈을 가지고 있어 백인의 모습이다. 또 체구는 아시아인들처럼 작은 편이다.

에티오피아는 인종의 박물관이라고 불릴 만큼 다양한 민족이 한 나라에 모여 살고 있는데 대략 8십여 개의 민족이 있고, 민족마다 언어도 각기 다르다. 8천만의 인구는 오로모, 암하라, 티그라이 등 많은 민족으로 이루어져 있는데, 오로모와 암하라가 반 이상을 차지한다. 그래서 행정구역도 민족들이 주로 모여 사는 곳을 묶어 오로미아 주(州), 암하라 주(州), 티그라이 주(州)로 나뉘어 있다. 이 때문에 인종 간의 갈등도 종종 벌어지곤 한다.

영화 《호텔 르완다》로 잘 알려진 르완다 인종 대학살에서 보았던 인종 갈등까지는 아니더라도, 크고 작은 인종 갈등이 벌어지고 있고 현지인들의 주민등록증에는 각자 자신의 인종이 쓰여 있다. 주민등록증에 쓰여 있는 인종을 보지 않는 이상 우리는 사람들이 어느 인종인지는 전혀 구별할 수 없다. 그 사람이 쓰는 언어를 들으면 대충 어느 민족인지 알 수 있는데, 공식어인 암하릭어 이외에 언어를 쓴다면 그 사람은 그 언어를 쓰는 인종일 경우가 많다.

정부의 미디어 통제 때문인지는 잘 모르겠지만, 뉴스로는 접할 수 없는 인종 간의 갈등 문제를 에티오피아 친구들이 이야기해주곤 했는데, 정권을 잡고 있는 티그라이족과 수적으로 우세한 오로모 인종 간의 갈등과 남부 지방 민족들 간의 갈등이 심하다고 한다. 특히 내가 활동했던 하라르 지방은 하라리 민족이 그 지방의 정치 경제 모든 부분을 꽉 잡고 있어 다른 민족들은 취업조차 어려운 경우가 많아 불만이 많다.

에티오피아는 90년대 초반까지 2십여 년간 이어져 온 사회주의와 만연한 부패 때문에 많은 국민이 하루 1달러 미만으로 생활하는 최빈곤 국가이지만, 아프리카에서 유일하게 자국 글자를 가지고 있을 만큼 문화적 전통을 자랑한다. 그래서 에티오피아 사람들은 자신들의 역사에 대한 자긍심이 대단히 높다. 한때 에티오피아에 위치한 '악숨' 제국은 로마, 페르시아, 중국과 더불어 3세기에 세상을 움직였던 제국으로도 알려져 있다. 지금도 에티오피아 북부에 있는 암숨 제국의 수도에는 33m의 거대한 오벨리스크가 있다. 근대에 들어서는 아프리카의 많은 국가가 백여 년이 넘는 기간 동안 서양 열강의 지배를 받은 것에 비해 에티오피아는 이탈리아에 5년긴 지배를 받은 것이 전부이다. 하지만 70년대 중반 사회주의 정권이 들어서고 크고 작은 내전으로 쇠퇴하기 시작하였고 90년대 초반에는 에리트리아가 에티오피아로부터 독립하여 내륙국이 되어 버렸다. 독립 후 처음에는 에리트리아와 우호적인 관계를 유지하였으나, 90년대 후반에는 독립한 에리트리아와 전쟁으로 수만 명이 사망하고 6만여 명의 이재민이 발생하였다. 그 이후 적대적 관계는 지금까지 이어지고 있고 가끔 국지전이 발생하기도 한다.

에티오피아는 한국전쟁에 UN 군의 일환으로 6천여 명의 병력을 지원했었고 6백여 명의 사상자를 내었다. 한국전에 참전한 에티오피아군은 강원도 춘천을 비롯한 중동부 전선에서 전투를 벌였는데, 그래서 춘천에는 에티오피아 참전기념관이 있다. 우리는 에티오피아가 한국전쟁에 참전한 사실을 잘 모르고 있지만,

아디스 아바바에서 흔
히 보이는 택시, 반백 년
은 족히 돼 보인다.

에티오피아 현지인들은 잘 알고 있어서 한국인이라고 소개하면 '피를 나눈 형제'의 나라라고 반겨 주는 것을 보면 우리가 어려울 때 도와주었던 나라를 잊은 것 같아 미안한 마음이 든다.

에티오피아 수도 아디스 아바바에는 참전용사들이 모여 사는 참전용사촌이 있는데, 우리를 도왔던 참전용사들은 공산주의 정권이 들어서면서 민주주의 정권을 도왔다는 이유로 박해받아 참전용사촌은 빈곤층이 모여 사는 지역이 되어 버렸다. 한국이 국제 원조를 통해 많은 도움을 주고 있지만 6십여 년이 지나 대부분 돌아가시고 그마저 어렵게 되어 버렸다. 그럼에도 그 후손들을 한국으로 직업 연수를 보내 준다거나, 그 지역 초등학교에 많은 도움을 주고 있는 것은 좀 늦었지만 아무런 이해 관계없이 우리를 도와준 에티오피아에 보답할 수 있는 고무적인 일이 아닐까 싶다.

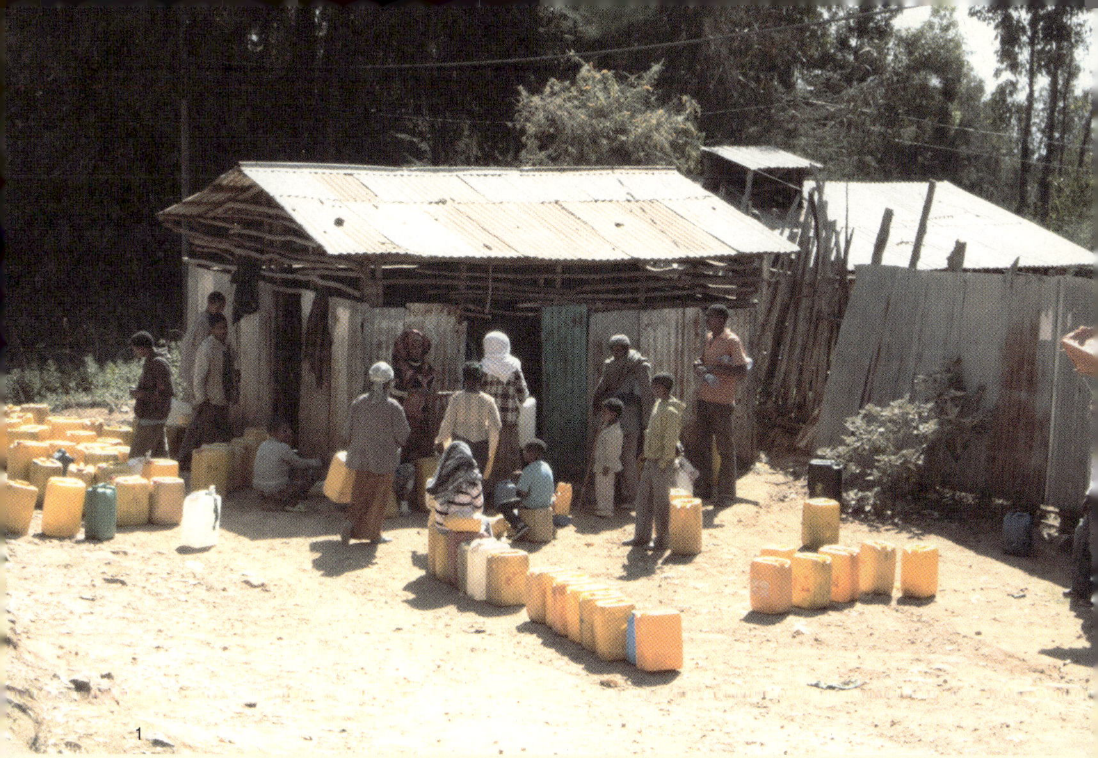

1. 에티오피아는 수도가 없는 집이 많아 물을 뜨러 다니는 모습을 쉽게 볼 수 있다.
2. 아디스 아바바의 은또또 교회

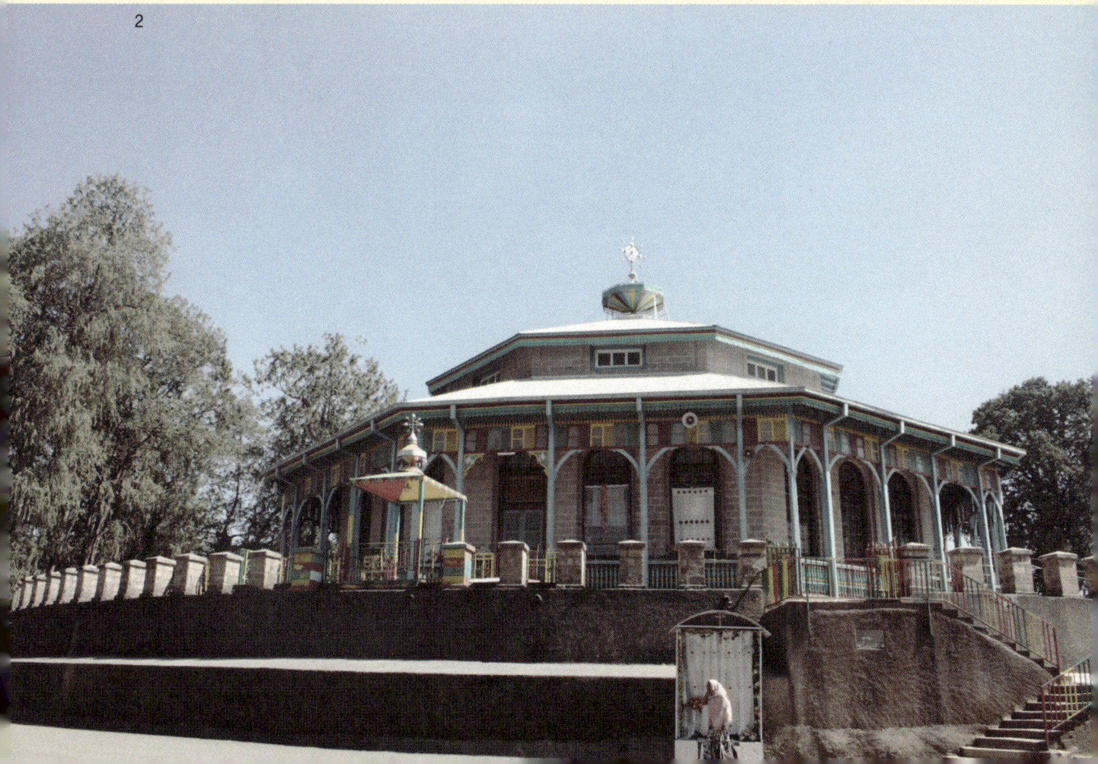

에티오피아에는 미소가 예쁜 아이들이 정말 많다.

파견지로 하라르

수도 아디스 아바바에서의 2달간의 현지적응훈련을 마치고 앞으로 2년 동안 지낼 하라르로 향했다. 대부분의 개발도상국이 그렇듯 에티오피아도 수도를 벗어나면 환경이 매우 열악해지는데, 현지훈련 기간 동안 답사를 다녀온 지방의 모습은 수도와는 차이가 커서 하라르의 모습이 어떨지 걱정 반 설렘 반으로 떠났다.

영화 《토탈 이클립스》에서 레오나르도 디카프리오가 연기한 프랑스의 천재 시인 랭보가 생애 마지막을 보냈던 곳, 랭보의 병이 심해져 프랑스로 돌아가기 전까지 살았던 곳으로 하라르에서 무역상으로 그리고 떠돌이로 십여 년 동안 살았다고 한다. 《토탈 이클립스》의 마지막쯤에는 랭보가 허름한 슬럼가에서 병마와 싸우는 모습이 비춰지는데 그 허름한 슬럼가가 하라르이다.

하라르는 아디스 아바바에서 동쪽으로 500km 정도 떨어진 곳으로, 이곳 교통 사정을 고려하면 수도에서 차로 10시간 남짓 떨어진 곳이다. 아랍권 국가와 가까워 오래 전부터 아랍권 국가들과 교역이 많았고 위치상 아랍에서 에티오피아를 포함한 동아프리카로 향하는 관문 도시여서 상업도시로 발전한 곳이다. 에티오피아에 합병되기 전까지는 독립된 국가였을 정도로 번영하던 곳이다. 하지만 해발 2,000m 정도 되는 높은 지대 탓에 에티오피아를 동서로 가르는 기찻길이 이곳을 우회해 가면서 지금은 쇠퇴하고 있는 도시이다. 이런 오랜 역사와 지리적 특성으로 하라르의 구시가지를 둘러싸고 있는 성곽은 유네스코 세계문화유산으로도 등재되어 있기도 하다.

아랍 이슬람 국가들과 가까워 종교도 함께 퍼졌는데, 그래서 기독교의 갈래인 에티오피아 정교회를 믿는 사람들이 대부분인 에티오피아에서도 하라르는 무슬림들이 더 많이 살고 있는 이슬람 도시이다. 이곳에서는 아프리카 무슬림들의 역사를 볼 수 있고, 아직도 외부의 영향을 덜 받아 하라르만의 독특한 이슬람 문화를 볼 수 있다. 히잡을 쓴 여성들이 보이고, 아침저녁으로 하루 5번 무슬림 기도 소리가 퍼진다. 인구 십만이 조금 넘는 도시에는 백여 개의 크고 작은 모스크들이 있고, 금요일에는 사람들이 모스크에서 기도하는 모습을 볼 수 있다.

하라르의 첫인상은 강렬했다. 도시에 들어서는 순간 보이는 커다란 모스크는 이슬람교 하면 떠오르는 엄격한 이슬람 규율과

1. 구시가지의 내부, 좁고 복잡하게 얽힌 골목들
2. 이슬람 도시의 에티오피아 정교회 교회
3. 하라르 구시가지로 들어가는 성문
4. 구시가지 중심가
5. 하라르 구시가지 거리

일부 무슬림들의 폭력성을 떠올리게 만들어 기를 죽이기에 충분했다. 반백 년은 족히 되어 보이는 차들이 거리를 다니고 있었고, 길거리에 너무나도 많은 구걸하는 아이들을 보니 이곳에서의 삶이 녹녹하지만은 않겠다는 것을 직감하게 했다. 하라르에 우리를 마중 나온 활동 기관 관계자들은 '쨔트'라는 환각성 마약에 취해 '해롱 해롱' 우리를 맞이했으니, 그때를 다시 생각하면 하라르의 첫인상이 좋을 수는 없었다.

하라르 시장

하지만 하라르는 첫인상과는 다른 곳이었다. 무슬림들과 기독
교인들이 평화롭게 공존하고, 우리네 시골에 가면 느껴지는 그
'시골 인심'을 느낄 수 있었다. 돌이켜 생각해 보면 우리가 흔히
접할 수 없는 이슬람교의 독특한 문화 속에서 생활해 볼 수 있었
다는 것은, 에티오피아의 여느 지방에 파견된 것보다 행운이 아
니었을까 싶다.

Chapter **2**

사람
사는 모습

작은 동네를 지날 무렵, 큰 아이가 외국인을 보고 신기했는지 집에서 동생을 허겁지겁 데리고 나왔다.

베트 키라이 알러? 에티오피아 사람들이 사는 모습

하라르에 도착하고 2주간은 이곳에서 지낼 집을 찾느라 정신이 없었다. 해발 2,000m, 한라산보다 높은 하라르의 지대 탓에 조금만 걸어도 피곤하지만 온종일 한 곳 한 곳 집을 찾아다녔다. '빌릴 집 있냐'는 현지어로 '베트 키라이 알러'인데 이 말은 너무나도 많이 해서 아마도 죽을 때까지 잊어버리지 않을 것만 같다.

집을 찾느라 본 현지인들의 집은 대부분 이랬다. 아마 아프리카 하면 《아프리카의 눈물》 같은 다큐멘터리에서 나왔던 그런 집들을 상상할 텐데, 조금 보태서 말하자면 정확하다.

담장과 대문은 마른 나뭇가지를 엮어 만들었고, 그 나뭇가지를 열고 들어가면 흙집이 나온다. 가족이 몇 명인지에 상관없이 방은 두 칸인데, 바깥쪽 방은 거실 겸 작은방으로 쓰고 안쪽 방은 침실로 쓴다. 창문이 하나도 없거나 아주 작아서 내부는 답답하고 어두컴컴하다. 바닥에는 대부분 빨간색 얇은 비닐 장판이 깔려 있어 흙집과 빨간 장판의 조화는 뭔가 어색한 느낌을 준다. 집 밖에 간이 천막을 쳐 그곳을 주방으로 사용하고, 화장실은 주방 옆에 구덩이를 파고 얕게 나무 담장을 둘러 사용한다.

조금 사정이 나은 가정은 흙 대신 시멘트 집에 방도 한 칸 정도 더 있다. 시멘트 집의 화장실은 바닥에 하수도와 연결된 구멍이 뚫려 있는 것이 전부인데, 바닥에 나 있는 구멍에 용변을 보면 된다. 신기한 것은 샤워기도 용변기도 한곳에 있고, 바닥에 나 있는 구멍 바로 위에는 샤워기가 있다. 용변을 볼 때 '조준'을 잘못하면 샤워할 때 사고 나기에 십상이었다.

중산층 정도 되는 가정들이 그랬고, 조금 잘 사는 집을 가 보니 무슬림들의 생활양식에 따라 지은 집이라 생활하기가 불편해 보였다. 가족을 중시하는 무슬림들은 개인이 생활하는 공간보다 가족이 함께 모여 있는 거실을 아주 중요하게 생각하는 듯했는데, 방은 한두 평 남짓해서 창고 같았지만 거실은 크게 지어 놨다. 거실에는 야외 공연장에나 있을 법한 커다란 턱을 만들어 놨는데, 제일 위에는 집의 어르신이, 그 밑에는 그 남자 자식들이 앉고 가장 밑에는 여자들이나 어린아이들이 앉는 곳이라고 했다. 가족 간에도 계급을 철저하게 지키는 무슬림들은 집 거실에서 앉는 자리도 그렇게 구별해 놓고 살았다. 무슬림들은 여자들만 주방일을 하는데, 그래서인지 편의에 신경 쓰지 않아 주방에 변변한 싱크대 하나 없는 경우가 많았다.

두 집 모두 공통적인 것이 있다면 물탱크가 없다는 것이다. 하라르는 물 공급이 일주일에 하루나 이틀 정도밖에 되지 않기 때문에 물탱크가 없다면 일주일에 하루 이틀밖에 물을 쓸 수 없었다.

현지인들이 사는 집을 보고 나니 이래서는 안 되겠다 싶었다. 하루 이틀 살아야 하는 집도 아니고 2년을 살아야 하는 집이었다. 집이 편해야 나도 열심히 활동할 수 있을 테고 그래야 이곳 사람들에게 조금이라도 더 도움이 될 수 있을 것 같았다. 2년을 지내고 보니 그때 그 생각이 맞았던 것 같다. 가끔 힘들 때 집에서 푹 쉬면 또 힘을 내서 일할 수 있었다. 그래서 혼자 살아야 한에도 큰 집을 보기 시작했다. 집이 어느 정도 커져야 물도 전기도 잘 들어오고 깨끗했기 때문이다. 큰 집 몇 채를 보기 시작하니 화장실도 주방도 마음에 들었고 몇 곳 수리가 필요하지만 마음에 드는 집을 찾았다.

우여곡절 끝에 계약도 잘 마무리되고 이사를 했다. 짐을 풀어 정리하고 자리에 누워 이곳에서의 첫날 밤을 지내자니, 잠이 오지 않았다. 이 넓은 집에 혼자 있다고 생각하니 마치 이 세상에 혼자 있는 것 같은 생각이 든다. 그런 일은 없겠지만 도둑이 들지는 않을까 하는 불안한 생각도 들었다. 몇 번이고 다시 일어나 손전등을 들고 집 안 구석구석을 살폈다. 혼자서 노래도 불러 보고 누가 있는 것처럼 혼잣말도 했다. 거의 뜬눈으로 첫날 새벽을 맞이했다.

1. 형편이 어려운 집 모습
2. 하라르 외곽에 공사 중인
집들
3. 집 뒤 주방, 작은 아이가
시장에서 내다 팔기 위해 콩
을 까고 있다.

그렇게 며칠이 지나니, 슬슬 집에 정이 들었다. 한 달쯤 지난 오후에 문득 한국에 있는 집이 아니라 '하라르에 있는 내 집에 가야지'라는 생각이 들었다. 이리저리 마음에 들지 않는 구석도 있고 짐 정리도 덜 끝나 너저분했지만 집은 역시 집인가 보다.

땅콩 가게 아이들 땅콩을 사고 있으니 옆에서 달라고 쳐다보다 카메라를 보고 활짝 웃는다

니깜과 히잡

 인구 대부분이 에티오피아 정교회 신자지만, 하라르는 특이하게 이슬람 신자가 대부분인 곳이다. 우리는 이슬람 문화를 생각하면 흔히 우리는 눈만 내놓고 다니는 여성과 하루에 다섯 번씩 드리는 기도를 떠올리게 되는데 이곳에서 흔히 볼 수 있는 모습이다.

하루 다섯 번씩 드리는 기도는 한밤중, 새벽, 대낮, 오후 서너 시경, 일몰 때 하는데, 하라르에 있는 모든 모스크에서 거의 동시에 엄청나게 큰 소리로 기도 방송을 한다. 내가 살았던 집에서 백여 미터 떨어진 곳에도 모스크가 있었는데, 한낮과 대낮에는 기도 소리가 별로 신경 쓰이지 않는데 새벽 시간 기도 방송 때문에 종종 잠을 깨곤 해서 비신자인 나에게는 신경 쓰였다. 처음에는 새벽에 동네 할아버지 한 분이 크게 노래를 부르시는 줄 알고 왜 새벽에 저렇게 노래를 부르실까 짜증이 났는데, 그게 알고 보니 우리 집 옆에 있는 모스크의 기도 소리인 것을 알고 나니 뭔가 무안해졌다.

무슬림들은 기독교처럼 일요일이 아니라 금요일에 모스크에 찾아가 기도를 해서 관공서와 학교들은 금요일에 11시까지만 근무하는 경우도 많다. 하루는 독실한 이슬람 신자가 자신의 집으로 초대한 적이 있는데, 이야기하다 말고 갑자기 양탄자를 펴고 코란을 읽으면서 기도를 드리는 것을 보기도 했다. 수업시간에 학생들이 말없이 뛰쳐나가는 경우도 있었는데, 이슬람 문화에 익숙하지 않은 내 실수로 기도 시간을 주지 않아 학생들이 매우 난처해 하다가 못 참고 뛰어나간 것이다.

이슬람 문화 하면 우리에게 익숙한 것이 하나 더 있는데 무슬림 여성들이 입는 '니깝'과 '히잡'이다. 히잡은 머리카락과 가슴 부분만 가리는 숄 같은 것이고, 니깝은 눈만 빼고 다 가리는 우리가 흔히 생각하는 무슬림 여성의 의상이다. 하라르에는 대부분의 무슬림이 히잡을 걸치고 다니고 니깝을 입은 여성들은 가끔만 보인다. 길을 걷다가 가끔 니깝을 입어 눈만 보이는 무슬림 여성들이 나를 쳐다보면 눈만 보여서인지, 아니면 옷 속에 가려진 얼굴이 내 머릿속에 그려져서인지 몰라도 흠칫흠칫 놀라게 된다. 한번은 눈까지 가린 니깝('브루카'라고 하지만 하라르에서는 부르카라는 단어를 쓰지는 않는다)을 입은 여성을 본 적이 있는데, 존중해야 할 이슬람의 문화이고 한 개인의 신앙이지만 눈까지 가리는 것은 좀 불편

구시가지 안에 있는
작은 모스크

1. 하라르 시내 모습, 두 개의 모스크가 붙어 있을 정도로 모스크가 많다.
2. 히잡을 쓰고 다니는 학생

하지 않을까 생각이 들었다. 불편한 것을 넘어서 눈까지 가리는 것은 여자들은 남자들이 없으면 자신의 신원조차 드러낼 수 없다는 것이 되어 너무 억압적인 것 같다.

내가 근무한 하라르 직업전문대학은 대학임에도 불구하고 특이하게 교복이 있는데, 아마도 집이 가난하여 제대로 된 옷을 살 수 없는 학생들을 위한 배려인 것 같았다. 당연히 무슬림 여성들을 위한 교복도 있는데, 우리가 생각하는 검은색 무슬림 복장이 아닌, 학교 교복 색으로 만든 니깝이다. 그래서 학교 여학생 중 정교회를 믿는 학생은 우리 교복처럼 치마를 입고 다니지만, 이슬람교를 믿는 학생들은 니깝을 입고 다니는데, 색이 똑같아 통일감이 있으면서도 모양이 달라 독특한 느낌을 준다. 작은 학교에서도 이슬람 문화와 기독교 문화가 공존하는데, 왜 지구촌이라고 못 하겠느냐란 생각도 든다.

메리 크리스마스,
그리고 이드 알 무바라크

이슬람 문화 중 가장 힘들고 고통스러워 보이는 것이 있다면 '라마단'이다. 라마단은 이슬람어로 더운 달을 뜻하는데 우리가 생각하는 단순히 굶는 기간만은 아니다. 해가 떠 있는 동안 먹지도 마시지도 않는 것과 더불어 이 기간 다시 한 번 코란을 정독하면서 신앙심을 기르고 저축한 음식은 가난한 사람들에게 나누어 주면서 나눔의 정신도 함께 실천하는 기간이다.

라마단 기간 동안에는 하라르에서도 길거리에서 무엇을 먹거나 물을 마실 때 눈치를 보게 되는데, 다른 이슬람 국가에서는 라마단 기간에 길거리에서 무엇을 먹으면 비신자라도 벌금을 내야 하기도 한다. 밤에는 모스크나 가족들을 찾아 시간을 보내는데, 낮에 음식을 먹지 못하니 밤에 대부분 늦게까지 깨 있고 오후 늦게 일어난다. 활동했던 기관의 무슬림 강사들은 수업을 아침으로 몰고 아예 밤을 꼬박 새우기도 했다. 힘들지 않느냐는 내 질문에 왜 힘드냐며 반문하는 무슬림 친구의 모습에 조금 놀랐다. 신앙이 그들 삶의 큰 부분이기 때문에 이를 지키는 것이 우리가 하루 세 끼를 먹듯이 당연한 일이기 때문에 힘들다고 생각하지 않는 것 같다.

어느 날 평소와 같이 아침에 출근하는데, 가지각색의 히잡을 두른 여자들과 깨끗한 옷을 잘 다려 입은 남자들이 한 무더기로 길을 점령하고 있었다. 무슨 일인가 놀라 길을 가는 사람들을 붙잡고 물어 보니 다짜고짜 "이드 알 무바라크"라는 것이다. 아, 오늘은 그럼 '이드 알 무바라크'라는 휴일이구나 하고 생각했는데, 알고 보니 그날은 라마단이 끝나는 '이드' 날이었다. 그 행렬은 라마단이 끝나 무슬림들이 모스크에 기도를 드리러 가는 것이었다. '이드 알 무바라크'는 기독교에서 '메리 크리스마스'라고 인사하듯이 무슬림들의 휴일 인사였다.

라마단이 끝나면 무슬림들은 가장 좋은 옷을 입고, 가족들과 명절 음식도 해 먹고, 친구들도 만나면서 축제를 즐긴다. 다른 이슬람 국가들은 이 기간은 우리 설날이나 추석처럼 삼 일에서 일주일간 휴일이지만, 무슬림과 정교회가 공존하는 에티오피아에서는 하루만 공휴일이다. 하루만 휴일이라고 해도 대부분 사흘 동안 일을 하지 않고 이 기간을 즐긴다.

이 기간 동안 정교회 사람들도 무슬림에게 '이드 알 무바라크'라고 인사하고, 무슬림들도 웃는 얼굴로 같이 인사한다. 또 축제

1. 이드 알 무바라크 당일 모스크로 향하는 무슬림들, 우리가 생각하는 검은색 히잡이 아닌 화려한 히잡을 두른 것이 인상적이다.
2. 거리를 가득 매운 무슬림들, 하라르에서 가장 큰 모스크로 향하는 행렬이다.
3. 거리에 몰려든 인파
4. 무슬림 가족

날 동안에는 정교회건 무슬림이건 상관없이 모여 즐기는 것을 보면, 어떤 종교든 같이 어울리며 지내는 에티오피아 사람들 특유의 평화스러운 모습이 좋다.

나무에 달린 커피열매를 본 것은 처음이었다.

에티오피아 커피 향이 더욱 진하고 깊은 이유

에티오피아 하면 가장 먼저 떠오르는 것은 '가난'이고, 그다음으로 떠오르는 것은 어쩌면 '커피'일 것이다. 커피 애호가라면 가난보다 커피를 먼저 떠올릴 수도 있겠다.

커피가 처음 발견된 곳은 에티오피아의 남부 지역인 짐마(Jimma) 또는 하라르라는 설이 유력하나 정확히 에티오피아 어느 지방에서 처음으로 커피가 발견되었는지는 알 수 없다. 하지만 에티오피아가 커피의 고장이라는 것은 사실이다. 커피를 처음 발견한 사람은 '칼디'라는 이름의 목동인데, 그 목동은 양들이 빨간 열매를 따 먹고 흥분하여 날뛰는 모습을 보고 자신도 먹어 본 것에서 유래했다고 한다. 그 뒤 칼디는 수도원에 커피를 가져다 주었고 수도원에서 지금 우리가 마시는 커피를 개발해 내었다고 한다. 아디스 아바바에서는 이 목동 이름을 딴 '칼디스(Kaldi's)' 커피

숍이 유명하다.

커피의 고향인 만큼 에티오피아의 커피는 세계적으로 유명한데, 그중에서도 이르가체프, 시다모, 그리고 하라르에서 생산되는 커피는 에티오피아의 3대 커피이다. 이 중 내가 지냈던 하라르는 에티오피아인들이 가장 사랑하는 커피로, 우리가 흔히 아는 '아라비카 모카' 커피의 기원이 된 커피라고 한다. 또 하라르의 커피 농장은 대부분 영세농이어서 유기농으로 재배하고 수작업으로 분별하기 때문에 어떤 농약이나 기계의 손도 거치지 않는다.

에티오피아 사람들은 커피를 매우 즐긴다. 스타벅스나 커피빈 같은 커피숍은 없지만 길거리에서 흔히 커피 가판을 볼 수 있다. 집에서는 우리네 다도같이 '커피 세레모니'를 하는데 현지어로는 '분나 마프라트'라고 하여, 귀한 손님이 왔을 때나 중요한 모임에서 빠지지 않고 하는 행사이다. 현지인 친구들이 집으로 초대하면 식사 후 커피를 대접하는데 어쩌면 식사보다 더 꼼꼼히 분나 마프라트를 챙긴다.

분나 마프라트는 생두를 직접 씻는 것을 시작으로 숯으로 달군 프라이팬에 생두를 직접 로스팅하는데, 커피를 볶는 동안 손님들이 커피 볶는 향을 직접 맡도록 집주인은 프라이팬을 들고 다닌다. 로스팅이 끝나면 그 자리에서 커피를 갈아 자바나라고 부르는 현지식 전통 주전자에 물과 함께 넣고 푹 끓인다. 커피가 끓는 동안에는 독특한 향이 나는 나무를 태우면서 얘기를 나

1. 에티오피아 사람들은 이렇게 집에서 직접 로스팅 한다.
2. 분나 마프라트 모습
3. 식당에서 하는 분나 마프라트. 현지 전통 음식을 파는 식당이라면 이렇게 분나 마프라트만을 하는 웨이트리스가 있다.
4. 5. 6. 7. 현지인들이 커피를 끓이는 방법, 커피를 직접 씻고 로스팅해 자바나라는 주전자에 넣고 끓인다.

눈다. 커피가 완성되면 손님들에게 대접하는데 이 때, 꼭 세 잔을 마셔야 한다. 분나 마프라트에서는 각각의 잔에 의미가 있기 때문이다. 첫째 잔은 '아볼'이라고 하여 우애를 뜻하고 둘째 잔은 '토나'라고 하여 평화, 셋째 잔은 '버라카'로 축복을 의미한다.

우리에게 커피는 바쁜 일상의 상징인 것 같다. 아침에 모자란 잠을 쫓기 위해서 또는 늦은 저녁까지 일하기 위해서 마시는 커피였다. 그렇게 마셔 왔던 커피라 현지인 친구들과 분나 마프라트에 가면 한 시간씩 앉아서 마시는 커피가 왠지 어색했었다. 하지만 에티오피아 사람들에게 커피는 귀한 손님과 우정을 나누고 평화와 축복을 함께 기원하는 일종의 의식이었다. 에티오피아 커피가 향이 진하고 풍부한 이유는 여기에 있는 것 같다.

암하릭, 2년간의 봉사활동의 훈장

아프리카의 나라들은 긴 침략의 역사 때문에 자국어가 없는 경우가 많은데, 에티오피아는 외국의 지배가 5년밖에 되지 않아 자국어가 남아 있다. 봉사단 훈련센터에서 다른 아프리카 지역으로 파견되는 단원들은 불어를 배우는데 나는 이름도 생소한 '암하릭'이란 언어를 배워야 하니 여간 배 아팠던 게 아니다. 왠지 모르게 같은 아프리카 나라로 파견되지만 불어라고 하면 멋있어 보였던 것 같다. 게다가 암하릭은 2백여 개의 글자도 있다. 배도 아프고 공부할 양도 많으니 암하릭 공부를 열심히 하지 않았다. 더군다나 에티오피아 사람 대부분이 영어로 교육을 받기 때문에 영어로 의사소통이 된다고 하니 더더욱 공부할 필요가 없다고 생각했다.

그러나 현지에서 생활하면서 아무리 영어가 잘 통하더라도 훈

런기간에 암하릭을 열심히 공부하지 않은 걸 후회했다. 현지어를 잘하면 현지에 적응도 빠르고 친구들도 많이 사귈 수 있는 것은 당연한 이야기지만 그것보다는 현지어를 못하면 내가 답답한 일이 많다. 대부분의 에티오피아 사람이 영어를 한다고 하더라도 현지어를 못하면 드는 무언가의 답답함이 있다.

하루는 기관 강사들을 모아 놓고 수업을 하고 있었다. 수업은 영어로 진행했는데, 그러다 보면 수강생들의 표정이 갑자기 멍해질 때가 있다. 처음에는 영어로만 이리저리 설명해 보곤 했었는데, 수강생들은 영어는 알아듣겠는데 도무지 무슨 말인지 이해가 안 된다고 한 적이 많았다. 결국에는 중요한 부분에 대해서는 암하릭으로 설명하기 위해 조금씩 공부해 갔고 그 뒤부터 수강생들의 이해도가 많이 높아졌다. 또 수강생들에게 영어로 들은 내용을 암하릭으로 다시 설명해 보라고 하기도 했다. 암하릭으로 다시 설명해 보라고 하면 수강생들도 영어로 이해가 잘 되지 않던 내용을 자국어로 정리할 기회가 생기기 때문에 학습 효과가 늘어난다. 암하릭을 준비해 가지 않았다면 내 수업을 이해했던 수강생들은 많이 없었을 것이다.

억울한 일이 생겼을 때는 암하릭이 더더욱 필요하다. 버스를 탔는데 다른 사람들은 다 1비르^(60원)를 내는데 나만 10비르를 내라고 했을 때, 암하릭으로 따지면 1비르만 받고 더 이상 뭐라 하는 경우가 없지만, 영어로 따지면 주위 사람들마저 내 편이 아니고 결국엔 억울하지만 10비르를 내야만 한다.

　　훈련기간 동안은 땡땡이쳤지만 뒤늦게 암하릭을 조금씩 공부해 나갔다. 책상에 앉아서 단어하나하나 적어 가며 외울 정도로 열심히 한 것은 아니지만, 친구들과 또 학생들과 대화하면서 모르는 단어도 물어보고 이럴 때는 어떻게 말해야 하는지 물어보면서 조금씩 익혀 나갔다. 그러다 보니 어느 정도 일상생활은 가능할 정도는 되었다. 암하릭을 어느 정도 하게 되면서 답답한 일이 있을 때는 영어보다 암하릭이 먼저 튀어나오게 되었고, 현지 친구들과 학생들과도 스스럼없이 지낼 수 있었다.

　　돌이켜 보면, 2년 동안 잘한 것이 있다면 암하릭을 어느 정도 구사할 수 있게 된 것이다. 스펙의 한 줄이 되거나 또 다른 언어를 구사할 수 있다는 자랑보다는 2년 동안 나름대로 열심히 일했다는 내 나름의 훈장인 것 같아 뿌듯하다.

암하릭으로 쓰여 있는
코카콜라

시골 아이들을 위한 운동회 때, 노란 팀 학생들

잘 먹고 삽니다 1, 에티오피아 현지 음식

가끔씩 할머니께 전화를 드리면 매번 걱정스럽게 묻는 말씀이 있었다.

"많이 덥지?" 또는 "음식 때문에 고생이 많지?"

그럼 나는 항상 이렇게 대답하곤 한다.

"고산지대라 전혀 덥지 않아요!" "한국보다 잘 먹고 살아요!" 2년 동안 전화할 때마다 에티오피아는 전혀 덥지 않고 한국보다 잘 먹고 산다고 말씀을 드려도 할머니는 계속 똑같은 질문만 하셨다. 그만큼 손자 걱정을 많이 하셨으리라.

실제로 에티오피아는 적도 근처에 위치해 있지만 동부와 북부 도시들은 대부분 해발 2,000m 고산지대에 위치해 있기 때문에 서늘한 날씨이다. 또 에티오피아 음식은 우리 입맛에 잘 맞아서 거부감이 없다. 에티오피아 음식은 식재료가 우리와 비슷하

1. 현지 음식, 밑에 깔린 빵이 인제라이고 그 주위에는 반찬들이다.
2. 아래쪽에 있는 것이 도로와뜨, 그 위에 있는 것이 뜹스이다.

고 고춧가루와 마늘을 써서 간을 해서 우리 음식과 비슷한 부분이 많다.

이곳 사람들의 주식은 '인제라'라고 부르는 빵이다. 인제라에 다양한 반찬을 싸서 먹거나 소스에 찍어 먹는다. 인제라는 아프리카 에티오피아, 지부티, 에리트리아 등지에서 나는 '떼프'라는 작물을 빻아 물과 이스트를 섞어 발효시킨 후 팬케이크처럼 구워 만든다. 발효시켰기 때문에 약간 신맛이 나는데, 처음에는 어색하지만 시간이 지나면 특유의 신맛이 김치나 치즈같이 중독성을 갖고 있다. 인제라와 반찬들은 우리 상추쌈 싸먹듯이 손으로 인제라를 들고 반찬을 싸서 먹는데, 손바닥에 상추를 올리고 그 위에 밥을 올려 먹는 것이 아니라, 인제라로 반찬들을 집어 먹는다. 어떻게 생각하면 인제라는 수저를 대신하는 것 같기도 하다.

인제라에 곁들여 먹는 반찬은 많은 종류가 있는데, 우리 갈비와 맛이 비슷한 '뜹스', 닭볶음탕과 비슷한 '도로 와뜨', 닭볶음탕에 닭 대신 고기를 넣어 만든 '까예 와뜨', 인제라를 찍어 먹는 소스인 '시로', 생고기를 양념한 '크트포' 등이 있다. 대부분이 마늘, 고춧가루, 소금으로 양념하고 양파와 감자 같은 것이 들어간다.

이 중에 내가 제일 즐겨 먹었던 것은 도로 와뜨인데, 닭을 토마토 소스, 고춧가루, 마늘, 다진 양파로 양념하여 기름에 넣고 푹 삶아 만든다. 이때 닭과 함께 달걀도 들어가는데 한두 개씩 들어가는 달걀은 항상 중요한 손님 몫이다. 가끔씩 가정에서 직접 만드는 현지식 버티인 '께베'로 긴을 하기도 하는데 처음에는 그 향이 향신료 저리 가라할 만큼 독해 부담스럽기도 하지만 먹다 보면 그 맛을 알게 된다.

한국에 가족들이나 친구들에게 얘기하면 기겁하는 음식이 하나 있는데, '뜨레 스가'이다. 생고기를 주사위 모양으로 썰어서 현지 양념에 찍어 먹는 음식인데, 생고기를 먹는다는 점은 우리 육회와 비슷하지만 양념이 없고 큼직큼직하게 썰어서 생고기의 식감을 느낄 수 있는 것이 다른 점이다. 생고기를 툭툭 투박하게 떼어 놔서 보기에는 좀 그렇지만 맛있다. 처음에는 냉장 보관도 되지 않은 생고기를 먹는다는 것이 거부감이 생겨서 잘 먹지 못했는데, 현지인이 권하는 것을 계속 뿌리치기도 미안하여 한 점 먹어 보니 새로운 맛이다. 그리고는 앉은 자리에서 거의 한 근을 먹은 것 같다. 다음 날 배가 조금 아프긴 했지만, 찾아갈 때마다 조

금씩 먹게 되는 음식이다.

집에 초대되어 밥을 먹으면 현지인들은 직접 음식들을 인제라에 싸서 손으로 먹여 준다. 현지인들은 친밀감의 표시라는데, 우리는 연인 사이에서나 하는 행동이라 아무리 받아먹어도 어색하다. 또 우리 문화처럼 손님이 음식을 배부르게 먹고 가야 잘 대접했다고 생각해서 음식을 끊임없이 준다. 손으로 먹으면 수저로 먹을 때보다 빨리 먹게 되고, 거기다가 많이 주기까지 하니, 친구들 집에 초대받았다 하면 하루 내내 배가 꺼지질 않는다. 먹여 주고 더 주고, 친구들의 집에 초대받아 가면 현지인들 특유의 따뜻한 정을 느낄 수 있어 마음까지 배부르다.

잘 먹고 삽니다 2, 현지 식재료로 한국 음식 만들기

외지에서 살면서 일취월장한 것 한 가지만 꼽으라면 요리이다. 처음에는 먹고살자고 시작한 요리가 1년이 넘어 가니 취미로 바뀌었고, 기분이 처질 때는 일찍 퇴근해서 저녁 요리를 준비하곤 했다. 같은 지역 동료 단원들끼리 모여 저녁을 먹다 보면 서로 돈독히 지낼 수도 있고 혼자 있다 보면 자칫 거를 수 있는 끼니도 잘 챙겨 먹게 되어 바람직한 취미 생활이었던 것 같다.

아디스 아바바에서는 한국 식재료 대부분을 구할 수 있어 못하는 요리가 없겠지만, 지방은 사정이 열악해 식재료 구하기가 쉬운 일이 아니다. 지방에 사는 단원들끼리는 '지방 야채 3종 세트'라고 부르곤 했는데, 이 3종 세트는 감자, 양파, 토마토이다. 이 외에 식재료는 구하기가 쉽지 않은데, 가끔 시장에 오이나 호박, 피망 같은 것들이 들어오고 이때를 놓치지 않고 사다가 냉장

고에 저장해 놓고 먹어야 한다. 정말 운이 좋다면 속이 꽉 찬 고랭지 배추가 들어오기도 하는데, 배추가 들어오면 그때부터 같은 지역에 파견된 단원 4명은 김장을 하느라 월동 아닌 월동 준비를 하곤 했다.

야채 3종 세트 외에 고기류는 소고기가 전부라고 할 수 있다. 소고기도 소를 반으로 갈라놓아 벽에 걸어 놓고 다 팔릴 때까지 몇 날 며칠을 파는데 부위가 따로 정해져 있는 것이 아니라 밑에서부터 툭툭 떼어 판다. 냉장해 놓은 것도 아니고 부위도 딱히 정해진 것이 없어 여간해서는 고무 타이어처럼 질기다. 한국이라면 소고기가 질기면 파인애플 같은 데에 담가 두겠지만, 이곳에서는 잘 구할 수 없는 파인애플보다는 콜라나 맥주에 삼십 분 정도 담가 놓은 후에 압력 밥솥에 푹 찌면 부드러워진다.

물론 닭도 있지만 살아 있는 생닭을 사 와서 직접 죽이고 손질하는 것이 여간 힘든 것이 아니라 포기해 버렸다. 한번 마당에서 닭을 잡고 손질해서 먹었는데, 어렸을 때 할아버지께 들었던 목 없는 닭이 마당을 뛰어다니는 충격적인 모습을 보고 나니 뭔가 기분이 이상하기도 하고 깃털을 뽑고 내장을 꺼내는 것도 번거로워 더 이상 해 먹지 않게 됐다. 양이나 염소를 파는 정육점이 있기는 하지만 고기가 소량밖에 없어 대부분 집에서 직접 잡아먹어야 한다. 잔칫날이나 명절 때에는 양이나 염소를 집에서 잡아먹는데, 나도 동료 단원들과 한번 염소를 직접 잡아먹어 봤다. 바로 잡은 염소라 맛은 있었지만 죽이고 손질하는 과정이 꿈에

나올까 무서워 꺼리게 되었다. 내륙국인 에티오피아에서 해산물은 수도의 대형 슈퍼마켓이 아닌 이상 구하기가 어렵고 그나마 호수에서 나는 생선이 있기는 하지만 아주 가끔 들어오고 맛도 별로이다.

식재료를 구하기는 어렵지만, 없는 식재료로 안 해 본 음식이 없는 것 같다. 꼭 필요한 식재료는 수도에서 공수해 오기도 했지만, 대부분은 비슷한 맛을 내는 식재료로 대체해 가며 요리하곤 했었다. 탕수육 튀김에 필요한 전분 가루는 이곳에서 구할 수 있는 옥수수 가루로 만들어 먹었고, 김밥 안에 단무지는 피망을 넣이 해 먹기도 했다. 빙잇긴에 쌜을 들고 가시 갈아 떡국도 해 먹었고, 갈비찜, 불고기, 칼국수, 전 등등 안 해 본 음식이 없을 정도로 많이 시도해 봤다. 오븐이 생기고 나서는 베이킹에도 취미가 생겨 생일엔 직접 생일 케이크도 만들어 먹었다.

지금도 기억에 남는 음식은 염소 갈비다. 우리 설날과 에티오피아의 명절이 겹치는 날이 있었다. 현지인 친구들 중에도 고향 떠나 사는 친구들이 있었는데, 혼자 명절을 맞는 그 마음을 이해하기에 그 친구들을 집으로 초대해 함께 음식을 만들어 먹자고 했다. 고향을 그리워하는 사람들이 모여 각자의 명절을 기념하는 작은 파티를 열었다. 특별한 날이니 염소를 한 마리 사와 마당에서 잡아 바로 요리를 했는데, 한국인들은 염소 갈비를, 현지인들은 염소 뜹스를 해서 나눠 먹었다. 갈비를 할 수 있는 재료가 많지는 않았지만 구할 수 없는 재료들은 비슷한 재료를 넣고 또

1. 김장 날, 현지인 친구들이 신기하다며 찍어 준 사진
2. 2013년 새해, 우리가 명절 음식을 먹고 싶어 했는데 그냥 먹기만은 아까워 차례도 지냈다.
3. 현지인 친구들과 저녁 식사

현지에서만 구할 수 있는 재료들로 요리해서 내어 놓으니 현지인 친구들도 입맛에 맞는지 맛있다며 칭찬을 아끼지 않았다. 압력 밥솥에 넣고 오랫동안 쪄내서 염소가 매우 부드러웠는데, 친구들에게 고기가 부드러운 것은 압력 밥솥 때문인 것을 알려 주니 나중에 집안에 행사가 있을 때마다 압력 밥솥을 빌려 갔다.

그날 저녁은 명절에 집에 가지 못하는 현지인들과 고향에 대한 그리움도 함께 나누고 동질감을 이루면서 서로 위로해 줄 수 있었기 때문에 더 맛있었던 것 같다. 어떻게 생각하면, 봉사라는 것이 거창한 것이 아니라 우리가 현지인들에게 또 현지인들이 우리에게 서로 힘을 얻고 위로받을 수 있으면 그게 봉사가 아닐까 하는 생각이 그날 저녁 식사 때 들었다.

생애 첫 제자의
결혼식

하루는 아침 강의를 위해 강의실에 들어가니 학생들이 신이 나서 떠들고 있었다. 보통 강의시간 전에는 집에서는 못 하는 컴퓨터와 인터넷을 하느라 조용한데, 그날은 이리저리 돌아다니고 떠들고 있어서 무슨 일인가 묻자 학생 한 명이 결혼한다는 것이다.

태어나서 처음으로 제자한테 청첩장을 받아 보았다. 제자한테 결혼식 초대를 받는 것은 아마 앞으로 20년이 지나도 경험해 보지 못할 일이겠기에 나도 꼭 참석한다고 했다.

결혼식 날이 되어 학생들과 함께 식장으로 향했다. 한국에서처럼 한 시간 두 시간쯤 하는 결혼식인 줄 알았는데, 내 착각이었다. 24시간 내내 결혼식을 하는데 결국은 견디다 못해 중간에 조용히 빠져나와 버렸다.

결혼을 앞둔 학생은 무슬림 여학생이었는데 이곳에서의 결혼이 대부분 그렇듯 중매결혼이었다. 연애결혼은 하라르의 대부분의 무슬림은 물론 에티오피아 정교회를 믿는 일부의 사람들도 보기 힘든 일이다. 중매결혼이라 해서 우리네처럼 부모님이나 친척들이 중매를 서는 것은 아니고 할아버지가 중매를 선다. 신랑 쪽 할아버지가 마음에 드는 신부를 점찍어 놓고 손자가 결혼할 나이가 되면 신부 집을 찾아 간다. 신부의 할아버지는 신랑의 할아버지를 맞이하는데 신랑과 신부 할아버지 둘이서 새벽까지 '쨔트(마약성 환각 물질)'를 씹으면서 혼담을 나눈다. 이렇게 밤새 이야기를 나눠 혼담이 성사되면 그때부터 결혼 준비가 시작된다. 하라르의 에티오피아 정교회를 믿는 사람들도 신랑 측 할아버지가 신부 집에 가서 혼담을 나누는데 무슬림과 다른 점은 신부 할아버지는 신랑 집에 들어가지도 못하고 문밖에서 혼담을 나눈다고 한다.

신랑 할아버지의 혼담이 잘 성사되면 신랑 쪽에선 손이 바빠진다. 두 집이 예물과 예단을 주고받는 우리 결혼식 문화와는 다르게 하라르에서는 신랑만 신부 측에 예물을 주는데 하라르 무슬림들은 '니카'라고 해서 신랑 측이 신부 측에 지참금을 준다. 니카는 하라르 이슬람교의 독특한 결혼 문화인데 하라르에서는 적게는 500비르(3만 원) 정도에서 많게는 몇천 비르까지 주기도 한다. 어떻게 보면 신부가 신랑 집에 돈을 주고 팔려 가는 느낌도 있지만 하라르같이 큰 도시에서는 팔려 간다는 느낌보다는 형식적인 모양새만 갖추는 경우가 많다. 하지만 시골에서는 신랑 측에서 진짜로 신부를 사오는 것으로 생각하는 경우가 많아 아직도 신부가 아프거나 하면 쫓아내 버리거나 식모처럼 부리는 가슴 아픈 일이 많이 일어난다. 돈이 없는 시골에서는 염소 10마리와 신부를 바꿔 오는 경우도 흔해 신부가 염소와 같은 값어치라고 생각하는 일도 있다.

이렇게 니카까지 주고 나면 이제 본격적인 날짜가 잡히고 결혼식이 진행된다. 결혼식 당일 이른 아침에는 신부 집에서는 신부 친구들과 친척들이 모여 같이 춤을 추고 밥도 나눠 먹는다. 신부 친척들과 친구들이 다 먹고 남을 정도로 많은 양의 음식을 해서 동네에 가난한 사람들이 있다면 불러 남은 음식을 나눠 주고 하는데, 그래서 동네에서 오늘 결혼식이 있는 집을 물어물어 찾아갈 수 있을 정도로 동네잔치이다.

남녀가 확연히 구별되는 이슬람 전통에 따라 신부 친구들은 대부분 여자였는데, 여 제자 결혼식에 참석했던 나는 초대받았던 손님 중에 유일한 남자라 어찌나 민망했는지 고개를 들 수가 없었다. 그리고 그날만큼은 신부와 신부 친구들이 니깝이나 히잡을 쓰지 않아 평소에 봐 왔던 모습과 달라 놀라기도 했다. '머리카락만 가리는 것을 벗었다고 뭐가 다르겠어?'라고 생각했지만 막상 매일 쓰던 히잡을 벗고 나타나니 꼭 다른 사람을 보는 느낌이었다.

이른 아침부터 시작된 춤판은 오후 3시가 되어야 끝이 났다. 그쯤 되면 신랑이 신부를 데리러 오는데 그날만큼은 좋은 차도 빌려서 신랑 집까지 신부와 함께 타고 간다. 신랑 신부가 탄 차를 따라 그 친구들도 차를 빌려 따라가는데 친구들이 탄 차들이 따라가면서 경적을 울려 준다.

신부는 신랑 집에서 처음으로 신랑의 부모님들과 가족들을 만나고 이야기하다 저녁때쯤 식을 올린다. 특이한 것은 신부의 부모님은 신랑의 집에 가지 않고 집에 남는다는 것이다. 출가한 신부는 신랑의 부모님을 자신의 부모님처럼 생각하라는 뜻이라는데 우리로서는 이해하기 힘들다. 딸을 보내고 눈가가 촉촉해지는 제자의 부모님들을 보니 마음이 찡해졌다. 그 뒤부터는 가보지 못했지만 좋은 호텔에서 결혼식을 하고 신랑 집에서 밤늦게까지 저녁을 먹으면서 이야기를 나눈다고 한다.

한두 시간이면 끝나는 우리 결혼식과는 달리 에티오피아의 결혼식은 하루 종일 친척들뿐만 아니라 온 동네 사람들이 함께하는 마을 축제이다. 어떻게 보면 살면서 가장 큰 경사를 한두 시간만에 끝내는 우리가 좀 삭막하지 않은가 싶기도 하다. 그래서 축제 같은 이들의 결혼식을 보면서 한편으로는 부럽기도 했다.

결혼식장 모습, 전부 여자뿐
이다. 방 안에서는 춤판이 벌
어졌는데 나 보고 들어와 춤
추라고 난리였다.

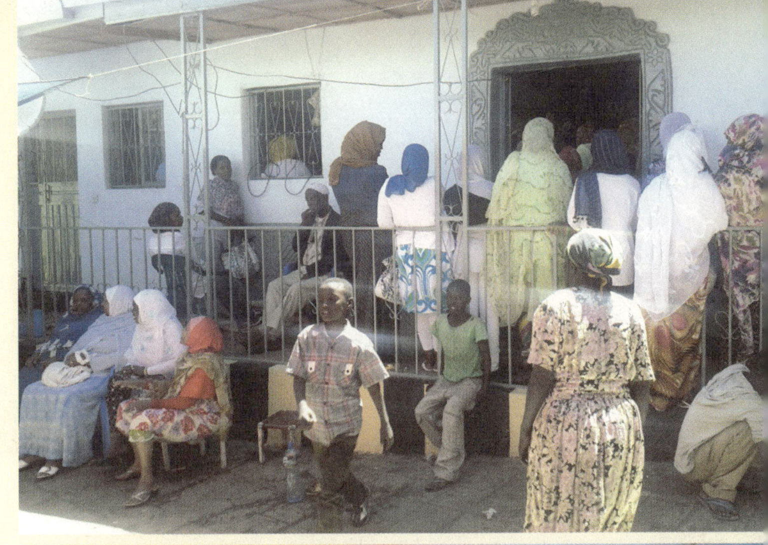

하객은 백여 명뿐인데 음식
의 양이 어마어마하다.

오른쪽 학생이 결혼식 주인
공, 무슬림인데도 이날만큼
은 히잡을 쓰지 않았다. 왼쪽
두 명은 학생들.

동네 방앗간 모습, 말린 고추, 콩, 쌀까지 없는 것이 없다.

에티오피아 명절, 메스칼

에티오피아에는 명절이 참 많다. 명절 때가 되면 그 분위기 때문에 공연히 집 생각이 나 외로울 수도 있는데, 정 많은 현지인들 덕분에 집 생각이 날 겨를이 없었다. 에티오피아 사람들은 명절에 혼자 있을 나를 생각해 자신의 집에 초대해 주는 일이 많아 아침부터 저녁까지 모두 얻어먹고 다니다 보면 배는 터질 것같이 부르고 집 생각이 싹 달아날 만큼 마음이 따뜻해지곤 했다.

에티오피아에는 '메스칼'이라는 명절이 있다. 이슬람교의 휴일은 아니고 에티오피아 정교회의 휴일인데, 예수님이 못 박히셨던 십자가를 찾은 날을 기념하는 휴일이라고 한다. 사실인지는 잘 모르겠지만 에티오피아인들은 예수님이 못 박히셨던 십자가가 에티오피아에 있다고 말한다. 그 십자가는 어느 섬에 있는데, 그 섬은 수도자 한 명만 들어갈 수 있고 한번 들어가면 죽을 때까지 나올 수 없어 그 십자가가 그곳에 진짜 있는지는 아무도 모른다고 한다. 현지인들에게는 부활절 다음으로 큰 명절이기 때문에 무슬림 도시인 하라르라고 할지라도 휴일 분위기가 물씬 풍긴다. 에티오피아에서 보낸 첫 메스칼 때는 어느 정도 하라르 삶에 적응했고 현지인 친구들을 만들던 때라 현지인들의 초대가 많았다.

축제는 메스칼 당일 새벽 4시부터 시작했다. 평소에 소고기를 많이 먹지 못하는 현지인들은 그날만큼은 소고기를 잔뜩 사는데, 내가 활동했던 대학에서 메스칼 며칠 전부터 소 3마리를 사서 학교에서 기르기 시작했다. 당일 새벽 4시부터 기관 강사들과 행정원들이 모여 소 도축을 시작했다. 새벽 4시에 잠도 덜 깬 상태로 학교에 나갔는데 도끼와 칼로 소를 도축하는 것을 보니 잠이 확 달아났다.

여섯 시쯤 되니 소 도축이 끝나고 그 자리에서 생고기 파티가 시작된다. 생간과 소고기 좋은 부위들을 큰 쟁반에 담아 놓고 한 점씩 떼어 먹기 시작했다. 동료들이 하도 권해서 생간을 조금 먹어 봤는데 바로 잡은 소라 그런지 맛은 있었지만 왠지 배탈이 날까 불안해 많이 먹지는 못했다.

그렇게 아침이 끝나면 점심때까지는 잠시 휴식 시간이다. 나에게는 휴식 시간이지만 에티오피아 정교회 신자들은 전통 옷을 입고 교회에 가서 예배를 드린다. 정교회 신자들이 모두 나와 하얀색 전통 의상을 입고 교회로 향하는 모습이 인상적이다.

예배를 마치고 점심때가 되면 아침에 도축했던 소와 닭들로 요리를 시작한다. 엄청나게 많은 양의 음식을 하는데 명절 때는 가난한 이웃들도 초대하고 나 같은 외국인들까지 초대하기 때문에 준비하는 음식의 양은 정말 어마어마하다. 그리고 특이하게 집 안에 초록 풀들을 잔뜩 까는데, 예수님이 태어난 곳처럼 만들기 위해서라고 한다.

에티오피아에서 식사에 초대받았다면 아주 천천히 먹어야 하고 '따갑크후'를 꼭 기억해야 한다. 우리 손님 초대와 비슷하게 에티오피아에서도 집에 초대한 손님들에게는 계속해서 음식을 덜어 순다. 접시가 비워지기노 선에 음식을 줘서 내 접시를 보고 있자면 꼭 비워지지 않는 화수분을 보는 것 같다. 그래도 열심히 준비해 준 음식을 남기는 것도 예의는 아닌 것 같아서 먹다 보면 허리를 펼 수 없을 정도로 음식을 먹게 된다. '따갑크후'는 배부르다는 뜻인데, 현지인들은 초대받은 손님들이 배부르게 먹는 것이 잘 대접했다고 생각해서 이 말을 꼭 해야 한다.

그렇게 점심을 먹고 '분나 마프라트^(커피 세레모니)'를 두어 시간 하면서 이야기를 하다 보면 저녁 시간이 가까워져 온다. 저녁 식사에 초대받은 다른 친구의 집에 가서 또 푸짐한 저녁을 먹다 보면 그날 저녁 배는 산만 해진다.

십자가를 찾은 날인 메스칼은 이를 기념하기 위해 저녁 늦게 특별한 행사를 한 가지 더 한다. 4세기경 에티오피아 헬레나 여왕이 꿈을 통해 계시를 받았는데, 큰 모닥불을 피워서 그 연기와

잿더미가 향하는 곳이 십자가가 있는 곳이라는 계시였다고 한
다. 그렇게 해서 메스칼 때는 그때와 똑같이 빌딩 3층 높이의 거
대한 장작불을 피우고 연기와 잿더미가 향하는 곳을 본다. 잿더
미가 동쪽으로 쓰러지면 올 한 해 운수가 좋다고 하는데, 그날 잿
더미도 동쪽으로 쓰러졌다. 현지인 친구들의 말로는 항상 동쪽
으로 쓰러지게 수를 써 놓는다고 한다. 그렇게 장작불이 떨어지
는 것도 보고 나면 저녁 9~10시가 되어 간다. 새벽 4시부터 시작
된 축제는 이제야 끝이 난다.

부활절, 크리스마스 같은 명절들도 아침부터 저녁까지 계속해
서 친구들과 가족들의 환대와 맛있는 음식, 독특한 문화도 함께
즐긴 것을 생각하면 정 많은 에티오피아 사람들과 그곳이 그리
워진다.

하이에나와 공존

하이에나는 하이에나 과의 동물로 큰 머리에 앞다리가 길고 뒷다리가 짧아 움직이는 모습도 우스꽝스럽고, 눈이 크고 귀가 동그래 표정도 어리바리해 보인다. 우스꽝스럽고 어리바리해 보이는 겉모습과는 달리 하이에나는 포유류 중에 턱 힘이 가장 센 집단으로 있으면 사자도 공격할 정도로 힘이 센 동물이다. 또 집단으로 생활하는 동물이어서 대여섯 마리가 무리 지어 다니는 경우가 많아 더더욱 위험한 맹수이다. 하라르에서는 이런 하이에나를 길에서 쉽게 마주칠 수 있다.

저녁을 먹고 동료 단원과 집에 가는 길이었다. 좁은 골목만 지나면 바로 집이었다. 매일 걷던 길이지만 그날따라 등 뒤가 서늘한 것이 불길한 예감이 있어 좁은 골목 대신 큰길로 돌아가고 싶었는데 '에이, 무슨 일 있겠어?' 하고 결국엔 좁은 길을 택했다. 가는 길에 같이 걷던 형이 갑자기 멈춰 서더니 "저 앞에 뭐 있는 거아냐?"라기에 가만 보니 반딧불이 같은 것이 보인다. 그런데 또 자세히 보니 반딧불이가 두 개가 보이더니 세 개 네 개, 점점 많이 보이는 것이다. '에티오피아에 살다 보니 반딧불이 같은 것도 보네' 하며 다시 걷기 시작했다. 몇 걸음 걷자 둘 다 동시에 얼음이 되어 버렸다. 가까이서 보니 반딧불은 하이에나 눈이었고 저 멀리 하이에나 대여섯 마리가 우리를 경계하며 서 있는 것이다. 대여섯 마리가 몰려 우리를 쳐다보고 있으니, 등골이 오싹해 왔다.

"어쩌지, 어쩌지 한 마리도 아니고 너무 많은데?"

어디서 보고 들은 것은 있어서 맹수에게 등을 보이면 바로 잡혀 먹힌다는 것과, 이를 보이면 우리가 공격하는 줄 알고 또 잡혀 먹힐 수 있다는 것이 생각났다.

"뒤돌지 마, 뒤돌면 안 돼. 말도 하지 마. 이 보이면 공격할지도 몰라."

그렇게 우리 둘은 얼음처럼 일 분 정도 있었던 것 같다. 판문점에서 우리 군과 북한군이 경계하는 상황처럼 하이에나와 우리는 '얼음'이 되어 서로 눈만 쳐다보고 있었다. 우리가 한 발 앞으로 가면 하이에나는 한 발 뒤로 가고 우리가 한 발 뒤로 가면 하이에나는 한 발 앞으로 오는 무시무시한 상황이었다. 하이에나들은 비키지도 않고 지나가지도 않고 그 50m 거리만 지키고 있었다.

불현듯 아디스 아바바에 계시는 협력의사 선생님들에게 들은 말이 머릿속을 맴돌면서 이대로 죽는구나 싶었다. 협력의사 선생님들의 말로는 한국 병원에 얼굴이 반쯤 일그러진 아이가 실려 왔는데, 알고 보니 하라르르에서 하이에나에 물려서 그렇게 됐다며 우리에게도 조심해서 다니라고 당부했었다.

그렇게 5분 정도 가만히 서 있었다. 나중에 찾아 보니 하이에나들은 겁이 많아 위협을 느끼게 되면 먼저 공격하기보다는 상대가 먼저 공격할 때까지 가만히 있다고 한다. 결국 우리가 먼저 공격하지만 않는다면 큰일은 벌어지지 않았을 것이다. 그걸 몰랐던 우리에게 하이에나와 대치하고 있었던 그 5분은 짧은 생에 가장 길었던 5분이었다. 이런저런 생각들을 하고 있는데, 갑자기 하이에나가 우리 쪽으로 달려온다.

"이제 죽는구나."

죽음이 느껴지는 순간에는 몸이 움직이지 않는다는 것을 그때야 알았다. 하이에나가 우리로 돌진해 오는데도 피하기는커녕 움직일 수도 없었다. 다행히 하이에나가 우리를 잡으러 달려오는 것이 아니라 먼저 지나가기 위해 움직였던 것이라 죽지는 않았다. 자기들도 그렇게 서 있는 것이 답답했던 모양이다. 다행이었다. 그렇게 죽을 뻔한 이후로는 길에서 하이에나를 마주치지 않기 위해 큰길로만 다니고 조금 으슥해 보이는 길에서는 항상 손전등을 켜고 다녔다.

사실 하라르 사람들은 하이에나를 전혀 무서워하지 않는데, 하이에나가 무리에서 이탈해 한 마리씩 다니면 사람들은 길에

다니는 개 취급해 소리 내어 쫓
아내거나 지팡이를 휘두르기도
한다. 에티오피아 다른 지역에서
는 하이에나를 무서워하는데 하
라르 사람들만 무서워하지 않는
이유가 있었다.

　하라르 사람들은 수백 년 전
부터 하이에나에게 정기적으로
먹이를 줘서 먹이를 찾기 위해
사람들을 공격하는 것을 막아 왔
다. 하라르의 하이에나들은 다
른 지역의 하이에나와는 다르게
사람이나 가축들을 공격하는 경
우는 드물었고 이렇게 하라르 사
람들은 하이에나와 공존해 왔다.
무슬림들과 에티오피아 정교회
사람들이 별다른 충돌 없이 공존
하는 것처럼 맹수와 사람도 공존
하는 것을 보면 에티오피아 사람
들의 독특한 평화 정신이 보이는
것 같다.

　수백 년 전부터 내려오던 이

공존은 이제 하라르의 관광 상품이 되었다. 저녁 7시가 되면 하라르 여러 곳에서 하이에나에게 먹이를 주던 것을 똑같이 재연하고 관광객들도 직접 먹이를 줄 기회를 준다. 짧은 막대기에 하이에나 먹이를 끼워 먹이를 줄 수도 있고 등에 직접 태워 볼 수도 있다.

아무래도 야생 하이에나라 위험하지만, 수백 년 동안 길들 대로 길들어 있기 때문에 관광을 갔다가 사람이 공격받았다는 이야기는 듣지 못했다. 저녁 시간 으슥한 곳에서 진행하기 때문에 안전을 위해 가이드를 구해서 가는 것이 좋고, 아는 택시 기사가 있다면 택시를 빌려 가는 것이 좋다. 또한 택시가 헤드라이드를 비춰 주어 사진 찍기에도 좋다.

30분 정도 볼 수 있고, 택시는 50비르 정도, 입장료는 1인당 100~150비르 정도이다.

인심 좋은 땅콩 가게 아주머니

도대체 몇 시에 만나자는 거니?

"내일 8시에 만나자고? 8시에 학교에서 보자."

약속해 놓고 8시가 되도록 보자던 사람은 나오지 않았다. 9시에 다른 약속이 있다며 늦지 말고 나오라던 사람이 나를 바람 맞혔다고 생각하니 괘씸했다. 전화를 했다.

"나 지금 일어났는데? 너 왜 이렇게 일찍 나갔어?"

도대체 이게 무슨 소리인가 생각하니 '아차' 싶었다. 에티오피아는 시간이 다르다. 시차가 아니라 쓰는 시간이 정말 다르다.

에티오피아는 우리가 흔히 쓰는 24시간제 시간을 쓰지 않고 12시간제를 쓰고 하루의 시작을 우리 시간으로 새벽 6시라고 본다. 그래서 우리 새벽 6시가 에티오피아에서는 0시이고 저녁 6시가 또 다시 0시이다. 결국 그 사람이 이야기했던 8시는 우리 시간으로 오후 2시였다. 하루를 12시간으로 쓰니 오전과 오후라는 말이 없고 아침, 낮, 밤, 새벽이라는 네 가지 말을 앞에 꼭 붙여야 알아들을 수 있다. 예를 들어 우리 오전 8시는 에티오피아 시간으로 아침 2시이고 우리 오후 8시 또는 20시는 에티오피아에서 저녁 2시라고 해야 한다.

우리는 언제부터 하루의 시작을 자정이라고 여겼는지는 모르지만, 예전에도 자시(子時)를 하루의 경계로 생각했다니, 우리가 자정을 하루의 경계라고 생각했던 것은 꽤 오래전인 것 같다. 하루의 시작은 문화권마다 다른데, 이슬람 문화권에서는 해 질 녘, 고대 이집트에서는 새벽 동틀 때를 하루의 시작으로 생각했다고 한다. 에티오피아는 하루의 시작을 새벽 동트기 전이라고 여기고 있어 시간의 개념이 우리와는 조금 다른 것이다.

에티오피아 여행 책자에서는 우리가 쓰는 시간도 통용된다고 하지만 에티오피아에서 우리가 쓰는 시간을 고집했다가는 낭패를 보기 쉬우니 약속 시간을 정할 때나 버스 시간 같은 것들은 세 번 네 번을 물어보는 것이 좋다. 현지인들은 우리를 배려해 준다해서 에티오피아 시간 체계를 우리 시간 체계로 바꿔 얘기해 주기도 하는데, 제대로 바꿔 주는 경우도 있지만 그렇지 않은 경우가 더 많아서 우리가 직접 계산해서 물어보는 것이 편하다. "에티오피아 타임 아침 몇 시 또는 저녁 몇 시"라고 얘기하면 편하다. 하지만 공항과 은행에서는 우리가 쓰는 시간 체계를 쓰는데 이때에는 '로컬 타임'이

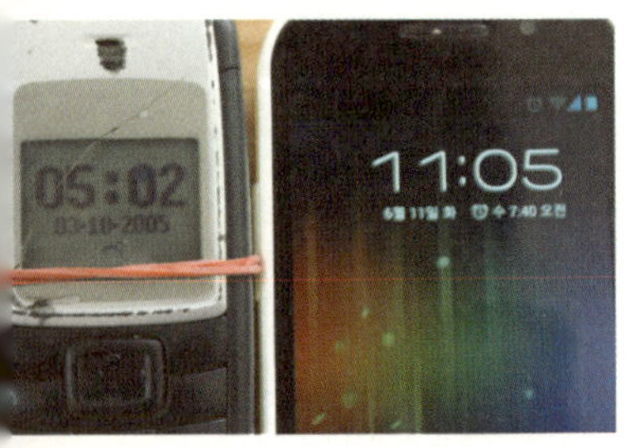

왼쪽이 에티오피아 시각과 달력 2005년 3월 10일 5시, 오른쪽이 우리 시간 6월 11일 11시이다.

라는 말을 붙인다. '로컬 타임 몇 시'라는 말은 우리가 쓰는 시간 체계를 얘기해 주는 것이다.

시간만 다른 것이 아니라 달력도 다르다. 에티오피아에서는 1년을 13개월이라고 보고 1달을 30일 그리고 마지막 13월은 5~6일이다. 그래서 에티오피아의 관광 슬로건도 '13months of sunshine'이다. 1년이 365일 윤년일 때는 366일인 것은 같지만 우리가 쓰는 달력보다 7년이 늦어 에티오피아의 새 천 년은 2007년이었다. 그레고리력보다 7년이 늦는 이유는 예수가 탄생한 날을 그레고리력보다 7년 정도 늦게 보고 그때를 원년으로 잡았기 때문이라고 한다. 연도가 바뀌는 시기도 다른데 에티오피이의 새 해는 우리 달력으로 9월 11일이다. 그래서 에티오피아에 있으면 9월 11일에 "새해 복 많이 받으세요!"라는 말을 들을 수 있다.

현지인들은 그레고리력에 익숙하지 않아서 에티오피아에서 "오늘이 몇 년 몇 월"이냐고 물어볼 바에 차라리 휴대폰으로 확인하는 것이 빠르고, 약속을 잡을 때에는 몇 월 며칠이 아니라 정확히 며칠 뒤라고 이야기하고 에티오피아 달력으로 확인받는 것이 낫다.

에티오피아는 독자적인 시간과 달력이 지켜야 할 전통이자 세계화를 방해하는 걸림돌은 아닐까? 에티오피아를 여행하고자 하는 사람이라면, 약속을 잡거나 버스 시간을 들으면 정신을 바짝 차리고 들어야 허탕 치는 일이 없다.

동네 말썽꾸러기 꼬마들

에티오피아에서 듣는 〈강남 스타일〉

한국뿐만 아니라 세계적으로 싸이의 〈강남 스타일〉이 한창 유행하던 시기에 동료 단원들과 "한류를 에티오피아에서 볼 수는 있을까"라며 우스갯소리를 했었다. 그런데 그게 현실이 되었다. 인터넷이 잘 보급되어 있지 않은 탓에 좀 늦었지만 에티오피아에서도 〈강남 스타일〉을 듣게 되었다. 〈강남 스타일〉 때문인지 에티오피아에서도 한국 방송들을 즐겨 보는 사람들도 속속들이 생겨나기 시작했다.

어느 날 학생이 와서 〈강남 스타일〉이 선생님 나라 노래라며 묻는 것이 시작이었다. 길거리에서는 우리만 보면 〈강남 스타일〉을 외쳐 댔고 카페에서는 다른 노래를 틀고 있다가 우리만 지나가면 〈강남 스타일〉을 틀어 댔다. 처음에는 신기하고 좋다가 나중에는 우리도 질려서 그만 듣고 싶어질 정도였다. 어떤 꼬마는 길을 막고 〈강남 스타일〉 춤을 따라 추기도 했는데 열심히 추더니 "너희 나라 전통춤 최고"라며 지나가서 얼마나 황당했는지 모른다. 다른 나라의 문화에 대한 이해가 적은 이 나라 사람들에게 처음 접하는 동양권 대중가요를 보고 그게 전통 음악과 전통춤인 줄 알았나 보다.

〈강남 스타일〉의 여파인지는 모르겠지만, 그 뒤에 한국 가수에 관심이 있는 학생들이 많았다. 어느 날 아침은 학교에 출근하려고 바삐 준비하고 있는데 교복을 입은 여학생 둘이 우리 집 문을 두들겼다. 우리 학교 학생은 아니었고, 아는 학생들도 아니어서 왜 왔는지 의아해하고 있었는데, 다짜고짜 한국 사람이냐고 묻는 것이다. 현지인들이 동양인들을 대부분 중국 사람이라 생각하는데, 한국 사람이라고 묻는 것이 신기했다. 한국 사람이라고 대답해 주니 그때부터 나는 2PM이었고 샤이니였다. 아침부터 나를 보고 어찌나 소리를 질러 대던지 아이돌 가수의 기분을 알 것 같았다.

내 집은 도대체 어떻게 알았는지 물어보니 학생들은 한국 사람이 자기네 동네에 산다는 것을 듣고 물어물어 나를 보기 위해 우리 집을 수소문하고 다니다가 등굣길에 혹시나 이 집인가 싶어서 온 것이라고 했다. 그 이후로도 집에 가끔 찾아와 나는 한국 음악도 CD로 구워 주고 아이돌 가수들의 사진도 인터넷으로 다운받아 주곤 했다.

한국 드라마를 좋아하는 학생도 있었는데, 그 학생은 〈강남 스타일〉 훨씬 이전부터 내가 모르는 드라마까지도 속속들이 꿰고 있을 정도로 한국을 좋아했다. 'KBS WORLD'가 10주년이 되어 가는데 그 10년을 꾸준히 봐 왔다고 하니 KBS WORLD 역사를 함께한 학생이었다. 심지어 나도 잘 모르는 드라마와 배우들을 알고 있었고 한국 방송에서 오래된 드라마를 재방송할 때에는 이건 몇 년 전 드라마라며 나한테 알려주기도 했다. 오랫동안 우리 방송을 보다 보니 한국말도 곧잘 해서 KBS 말고 다른 방송국의 드라마들을 USB에 담아 주기도 했다. 자막이 없는데 괜찮겠냐고 하니 한국말을 어느 정도 이해하니까 괜찮다며 정말 좋아했다.

에티오피아 사람들은 한국을 대부분 KBS WORLD로 접한다. KBS WORLD는 〈뮤직뱅크〉나 〈1박2일〉 같은 KBS의 방송들에 영어 자막을 만들어서 위성으로 내보낸다. 에티오피아 가정에서는 아랍의 위성을 잡아서 보는데 대부분의 아랍방송이 자국어로 더빙해서 에티오피아 사람들은 이해할 수 없는데 KBS WORLD는 영어 자막이 나오니 영어를 할 줄 알면 이해 안 되는 아랍 방송보다는 재미있을 것이다. 방송 내용도 에티오피아 방송에 비하면 훨씬 재미있어서 에티오피아에서도 많은 사람들은 KBS WORLD를 알고 있을 정도로 인기가 많다.

아마도 5년 10년 뒤면 베트남이나 인도네시아 못지않게 에티오피아에서도 한류가 크게 유행할 것 같다. 아프리카에서 어떻게 한국 드라마와 가요가 유행할까 생각할 수도 있지만 자국의

방송국이 많아 많은 콘텐츠를 쉽게 접할 수 있는 동남아시아 국
가들보다 그렇지 못한 아프리카에서 더 빠르게 유행할 수도 있
을지도 모른다는 생각이 든다. 본격적인 한류의 바람이 부는 것
을 못 보고 그 시작만 보고 온 것이 아쉽긴 하다. 한국을 좋아하
는 사람들이 많아진다는 것은 아무래도 기분 좋은 일인 것 같다.

Chapter 3

고진
감래

농한기 때 자주 볼 수 있는 풍경, 시골에서 땔감을 해 와 판다.

전기냐 물이냐, 그것이 고민이로다

에티오피아에서는 정전과 단수가 심한데, 하라르는 그중에서도 정전과 단수가 잦기로 유명했다. 텔레비전에서 재밌는 프로가 하고 있는데 전기가 끊기면 '차라리 물이 끊기지'라는 생각을 하게 되고 샤워를 할 때 물이 끊기면 '차라리 전기가 끊기지'라는 생각을 하게 된다. 그러다 '전기와 물 둘 중에 하나만 선택하라 하면, 뭘 선택해야 할까?'라는 터무니없는 생각이 들기도 한다.

물이 없다면? 밥은 그럭저럭 생수로 해 먹는다고 해도, 먹고 난 후 설거지는 어떻게 해야 할까? 쌓인 설거지에 파리가 꼬이는 것을 보면 아무리 생수가 있어도 밥을 해 먹기 싫어진다. 몇 날 며칠 샤워는 고사하고 화장실에 물도 못 내려 화장실 가는 것도 곤욕이다. 반대로 전기가 없다면? 전기가 없다면 노트북, 핸드폰이나 인터넷이 안 되고 집 안은 촛불 하나로 밝혀야 한다.

무엇을 택할 것인가? 전기는 15일, 물은 30일 가까이 없었던 것을 경험했지만, 내 경험으로는 전기가 없는 것이 물이 없는 것보다 배는 힘들었던 것 같다. 전기 없으면 살 수 없는 '호모 일렉트로니엔스'가 되어 버렸는지도 모른다.

하라르에 최장 기간 전기가 안 들어왔던 적은 15일 정도이다. 전기 없는 첫째 날, 내일은 들어오겠지 하며 희망을 품는다. 휴대폰과 컴퓨터 배터리가 모두 나가 버렸지만 저녁에 그렇게까지 심심하지 않다. 동네 전체가 정전이니 저녁 별이 쏟아질 것처럼 많이 보이고, 같이 지내는 단원들과 촛불을 켜고 앉아 밥을 먹는 것도 은근 분위기 있어 그럭저럭 견딜 만하다. 하루가 지나면 이제 슬슬 휴대폰이 보고 싶어진다. 딱히 전화 올 사람은 없지만 왠지 전화가 와 있을 것 같고 한국에서 카카오톡이 몇 백 개는 와 있을 것만 같다.

다음 날이 되고 또 그다음 날이 되면 전기가 들어올 것만 같은 희망이 점점 사라지고 어쩌면 이 사태가 장기화될지도 모른다는 불안감이 엄습해 온다. 이때부터는 마치 새벽의 저주의 좀비마냥 전기 발전기가 있는 곳을 찾아 헤매기 시작한다. 집에 있는 온갖 충전 가능한 가전제품들을 가방에 넣고 발전기가 있는 어느 곳이라면 찾아서 염치 불구하고 충전을 시작한다. 인간은 적응의 동물이라고 했지만, 전기가 없는 삶은 전혀 적응이 안 됨을 깨닫기 시작하는 시간이다.

전기가 안 들어온 지 삼사 일이 지나면 저녁에 별을 보는 것도 재미가 없고, 별똥별은 하도 많이 봐서 이제 감흥도 사라진다. 촛불을 켜 놓고 식사를 하는 것은 낭만이 아닌 궁상으로 보이기 시작한다. 아침 무렵 발전기를 통해 약간 충전한 핸드폰은 계속 충전하라고 삑삑 대는데 이 핸드폰이 꺼지면 세상과 단절될 것 같은 느낌이 들어 조심조심 버튼 한 번도 아껴서 누르게 된다. 다음 날이 되고 그다음 날이 되어도 전기가 들어오지 않으면 희망이 없음을 판단하고 자포자기의 심정이다. 에티오피아 현지인들도 그때부터는 매우 날카로워지기 시작한다. 전기가 없으니 저녁에 할 일이 없고 괜히 길거리에 나와 어슬렁대다 시비가 붙어 싸움도 잦고 발전기가 있는 식당에서는 자리를 차지하느라 고성이 오간다.

전기가 없으니 우리가 누려 왔던 현대 문명이 모두 한순간에 사라져 버린다. 일이 끝나고 나면 할 일이 없다. 평소 같으면 쉬는 시간 텔레비전도 보고 인터넷도 하고 친구들과 통화도 했겠지만 저녁에 할 수 있는 일이라곤 다 읽은 책들을 다시 읽는 것밖에 없다. 어두컴컴한 곳에 혼자 앉아 있으면 오만 생각이 다 들어 정신적으로 힘들어진다. 그러면 이런 생각이 든다, '차라리 물이 없어 몸이 힘든 것이 낫지, 굳이 시련을 주시고 싶어 뭐 하나 뺏어 가시겠다면 물을 뺏어 가시고 전기는 놔 두세요.'

시골 아이들을 위한 운동회 때 손 씻기 교육을 받고 있는 아이들, 에티오피아 전통 의상을 입고 왔다.

안 좋은 뉴스에 기분이 매우 처진다. 두 달여간 같이 훈련받던 동기 기수가 스리랑카에서 낙뢰로 안타깝게 세상을 떠났다는 뉴스를 접했다. 고인이 된 단원과 막역한 사이는 아니었지만, 사고 소식을 듣고 그 얼굴이 불현듯 생각나고 같이 지냈던 날들을 생각하니 가슴이 먹먹해진다. 페이스북에는 사고 소식을 접하지 못한 그의 친구들이 안부를 묻는 글들이 있고, 뉴스에 나온 그의 부모님들이 오열하는 모습이 잠들기 전에 떠오르곤 한다.

많은 사람들이 낙뢰 사고 소식을 단순히 천재지변이라 생각하겠지만, 사실은 그렇지 않다. 한국에서보다 위험한 환경에 노출되어 있고 가끔은 끔찍한 사고로 이어지는 것이다. 한국에서는 낙뢰에 대비해 건물에는 피뢰침이 있고 비를 피해 건물에 들어간 그들이 낙뢰로 사망하는 일도 없다.

사실 이런 사고 소식이 어제오늘 일은 아니었다. 삼사십 분 떨어진 옆 동네에서는 여자 봉사단원이 길에서 짓궂은 성추행을 견디다 못해 다른 지역으로 파견지를 바꾸었고, 우리 동네에서는 마당에 서 있는데 바로 옆으로 날카로운 돌이 날아와 맞을 뻔한 일도 있었다. 한번은 이유를 알 수 없는 고열로 삼사일을 앓아누웠지만 마땅한 병원이 없어 견디기도 했다. 집에 물탱크가 고장 났는데 고칠 사람이 없어 안전장비도 없이 2층 높이를 올라가 물탱크를 확인하기도 했다. KOICA에서는 단원의 안전 확보를 위해 안전 장비를 나눠 주고 주기적으로 안전 상황 보고서를 통해 만약에 있을지 모르는 사고에 대비하긴 하지만, 일어날 수 있는 모든 위험 상황을 대비할 수는 없을 것이다.

많은 이들이 부푼 꿈을 가지고 봉사활동을 온다. 어려운 사람들에게 희망을 주고, 내가 받은 것들을 어려운 이들에게 돌려줄수 있다는 생각이 앞선다. 하지만 2년은 짧지 않은 기간이기 때문에, 봉사라는 것보다 현지에서의 삶이 먼저다. 현지에서의 삶은 한국에서의 삶보다 위험할 수 있고, 더 힘들 수도 있다. 위험한 상황에 많이 노출되다 보면 아무리 조심해서 다니고 대비한다 하더라도 사고를 당할 확률도 높아진다.

현지에서의 삶이 봉사보다 앞서다 보니 처음 하루하루는 보람보다는 스트레스를 더 받아야 한다. 물론 지나고 나면 보람된 일이었지만. 미디어에서 봐 왔던 일부 보여주기식의 봉사활동의 모습들과는 다르다. 안전하게 렌트카를 타고 다니고 현지인들을

 내 이름은 테스파

보며 연민의 눈빛으로 안타깝다는 말을 하는 것과는 다르다. 감사하단 말을 듣기보다 일을 추진하며 싸우고 때로는 나쁜 놈 소리를 들어가며 살아야 한다.

하늘에 있는 그들도 이런 생각들을 했을 것이다. 비가 오면 낙뢰로 위험하다는 것을 알았을 것이다. 현지에서 느끼는 보람보다는 이곳에서의 삶이 힘들고 어렵다는 것을 느꼈을 것이다. 아마 그들도 나와 같은 마음을 가지고 있었을 것이라 생각하기에 내 마음이 안 좋았다.

에티오피아 동부에서 볼 수 있는 아침 식사 '파티라'
얇게 편 밀가루 반죽 속에 계란과 양파 등을 넣고 부쳐 먹는다.

소매치기를 만나다

에티오피아에 살다 보면 외국인들은 자주 소매치기의 대상이 되곤 한다. 한국에서는 오래된 전자제품들도 현지에서는 고가의 제품이 되기 때문에, 견물생심이라고 했던가. 아무리 조심해도 언젠가 한번은 소매치기를 당할 수밖에 없는 것 같다.

뛰는 놈 위에 나는 놈이 있다는 옛말처럼 소매치기범들은 갈수록 지능화되어 언제 당한지도 모르게 휴대폰이나 지갑이 없어지곤 한다. 2년 동안 많은 소매치기범을 만났는데, 가끔은 똑같은 수법을 다시 써먹으려는 사람들도 있다. 그럴 때는 소매치기범들이 본격적으로 시작하기도 전에 "레바 노(도둑이냐)?"라고 물어봐서 무안 주기도 했다. 똑같은 수법에 당하지 않기 위해서는 예방 방법을 알아 두는 것이 가장 좋다.

다음은 소매치기범들의 유형을 몇 가지로 정리해 본 것이다.

 침 뱉기

순식간에 벌어지는 일이라 알고 있지 못하면 당하기 쉬운 유형이다. 하지만 알고 있으면 절대 당하지 않을 유형이기도 하다. 길을 걷다가 보면 멀끔하게 차려입은 사람이 갑자기 당황하며 내 신발을 닦아 주는 척한다. 유창한 영어로 모르고 당신 신발에 침을 뱉었다며 "Sorry"를 연발한다. 대부분 사람들이 이런 상황에서는 괜찮다고 얘기하는데, 이때는 괜찮다가 아니라 "이 도둑놈아 꺼져라"고 해야 하는 것이 맞다. 침이 묻었나 신발을 살펴보고 괜찮다고 얘기하는 사이 그 남자는 주머니에 손을 넣어 무언가를 빼가고 있기 때문이다.

나도 한번은 길을 걷다가 이 유형의 소매치기범을 만난 적이 있는데, 주위 동료 단원들이 이미 한 번 당한 터라 그 남자가 신발을 닦아 주고 있는 사이 혹시나 하여 주머니에 손을 넣어 봤더니 그 남자 손이 이미 주머니 안에 있었다. 그 남자와 손을 맞잡고 한참을 웃어 줬더니 당황했는지 자기도 웃었는데, 내 웃음이 진짜 웃겨서 웃는 것이 아니라는 것을 모르는 모양이었다. 어쨌든 알고 있으면 당하지 않을 유형이다.

 프로젝트 버스, 프로젝트 택시

이 유형은 알고 있으면서도 당하기 쉬운 유형이다. 워낙 여러 명이 붙어 정신을 쏙 빼놓고 그 사이 물건을 가로채 가기 때문에 알고 있더라도 대비하기가 어렵다.

이곳에서도 택시를 타야 하는 경우가 있다. 하라르의 택시는 삼륜 오토바이가 다니는데, 대부분 목적지가 같으면 합승을 한다. 어느 날은 동료 단원과 저녁 외식을 하고 집으로 가는 택시를 잡았다. 삼륜차 안에는 기사, 중년 여성, 중년 남성 이렇게 셋이 있었는데 목적지가 같아 합승했다. 중년 여성이 있던 터라 이들이 소매치기일 것이라고는 전혀 의심하지 않았다. 가는 길에 기사는 어디서 왔느냐 무엇을 하느냐 등등 시끄러운 목소리로 계속 말을 시켰다. 동시에 중년 남성과 중년 여성은 나보고 안쪽으로 조금 디 들이기리머 계속해서 나를 미는데, 10분 남짓한 시간 동안 정신이 쏙 빠질 정도로 택시 안이 시끄러웠다.

목적지에 도착해 돈을 내고 내렸는데, 순간 주머니가 허전하다. 주머니에 있던 휴대폰이 없어진 것이다. 처음엔 택시 안에 떨어진 줄 알고 50여 미터를 따라가며 택시를 불러 세웠으나 속도를 내서 도망가 버리는 것이다. 번호판을 보니 무언가로 교묘하게 가려 놓았다. 그제야 아차 싶었다. 소매치기였구나! 결국 기사를 포함해 중년 남성과 여성 둘 다 공범이었다. 기사는 말을 시켜 주위를 산만하게 만들고 중년 남성과 중년 여성은 나를 안쪽으로 미는 척하면서 내 주머니를 노린 것이다.

지방에서는 삼륜 오토바이에 몰려다니며 소매치기를 벌이지만 아디스 아바바에서는 승합차를 개조해서 만든 버스에 가짜 손님들을 태워 놓고 이런 짓을 하는 사람들도 있다. 현지적응훈력 안전 교육 때 매번 반복해서 교육하는 내용이지만, 워낙 교묘해서 알면서도 예방하기 힘든 유형이다.

유형3 택시 소매치기

삼륜 택시가 아닌 일반 승용차 택시를 탈 때 벌어지는 일이다. 목적지에 가는 동안 택시 기사는 매우 친절하다. 이것저것 설명해 주고 자기도 한국을 좋아한다며 이런저런 얘기를 한다. 문제는 내릴 때이다. 내릴 때 돈을 건네면 좌석 밑에 일부러 잔돈을 흘린다. 그러면 당연히 줍게 되는데 워낙 친절했던 기사라 아무런 의심을 하지 않는다. 손은 눈보다 빠르다고 했던가, 내가 돈을 줍는 그 몇 초 사이 이미 기사는 내 주머니나 지갑에 손을 넣고 내 물건을 빼 간다.

나도 한 번 당했는데, 바보같이 지갑을 열어 놓고 물건을 주워 주다가 지갑 안에 있는 돈을 모조리 소매치기 당한 것이다. 내리고 나서 보니 지갑 안에 돈이 없는 것을 보고 출발하려던 택시에 다시 들어앉아 버렸다. 그리고서는 내 돈 다시 내어 놓으라고 하니 무슨 돈을 말 하느냐며 시치미를 뚝 떼는 것이다. 기지를 발휘해서 그 돈 안에 한국 돈이 섞여 있으니, 지금 여기서 한국 돈이 나오면 경찰을 부르겠다고 하니 그제야 돌려주었다.

저녁에 혼자 이 택시를 만났고, 돈을 다시 받기 위해 내렸던 택시를 다시 탔으니 어쩌면 위험한 상황으로 번질 수도 있었다.

그래서 돈 몇 푼 때문에 위험한 상황을 만드는 것보다는 알면서
도 당하는 것이 나을 수도 있다. 다행히 그날은 기지를 발휘해 돈
을 찾을 수 있었지만, 내가 다시 타서 돈을 달라고 했을 때 나를
태우고 으슥한 곳을 갔다거나, 경찰에 신고하는 것을 막기 위해
차로 나를 치기라도 했다면 큰일이 벌어졌을 것이다.

초등학교의 과학실 모습, 많은 원조단체에서 기부한 물품들은 있으나
사용법을 아는 사람이 없어 방치되어 있어 안타깝다.

'꼰니짜' 좀 떨어져라!

에티오피아에 오기 전 한 달간의 합숙 훈련에서 동료 단원들과 내가 가장 크게 걱정했던 것은 꼰니짜(벼룩)였다. 국내 훈련 때 선배 단원들이 간담회 자리에서 벼룩 물린 자국을 보여 주면서 물린 흉터가 1년은 넘게 간다고 겁을 잔뜩 주고 갔기 때문이다. 실제로도 벼룩에 물린 자국은 1년이 넘게 남기도 했다.

그래서 그런지 에티오피아에 도착해서 가장 먼저 한 일은 단원 숙소에 벼룩 퇴치였다. 지금에서 생각해 보면 숙소에 벼룩이 있을 리가 없었지만, 도착한 첫날에는 이불도 털고 정체 모를 벼룩 퇴치 약도 뿌리고 다니고 여하튼 온갖 난리를 쳤다. 그것도 모자랐는지 결국에는 '상상 벼룩'에 물려서 간지럽다며 온몸을 긁어 댔다. 나중에 확인해 보니 벼룩에 물린 것이 아니고 벼룩이 있을까 하도 걱정을 해서 심리적으로 간지러웠던 것이다.

아무리 퇴치를 해도 벼룩에 물리는 것은 시간문제였다. 며칠이 지나고 한 명 두 명 벼룩의 제물이 되었고 한번 물리면 계속 바지나 셔츠 속에 붙어 있기 때문에 벼룩에 물린 사람들은 감염자가 된 것마냥 동료 단원들이 피해 다녔다. 벼룩이 옷에서 이불로 옮겨 가면 그 이불 속에 숨어 살면서 계속 물어서 벼룩이 물기 시작하면 옷을 갈아입어도 벼룩이 온몸을 무는 것은 시간문제이다. 벼룩에 너무 많이 물리면 간지러워서 잠을 자기도 힘들다. 나도 결국 현지에서 적응훈련 2달 동안 20방 넘게 벼룩이 물려 긁어 대느라 고생하기도 했다. 알고 보니 나는 벼룩이 좀 덜 물린 편이고 다른 단원들은 백여 방이 넘게 물리기도 했단다.

신기하게 처음에는 그렇게 물리던 벼룩이 6개월, 1년이 지나니까 잘 물리지 않았다. 현지인들은 벼룩에 잘 물리지 않는 것을 보면 과학적 근거는 없지만 아무래도 현지 음식도 먹고 현지인들과 많이 같이 다니면서 이곳 사람들과 동화되어 가면서 조금 덜 물리는 것 같다.

벼룩도 그렇지만 에티오피아에는 온갖 종류의 해충이 득실댄다. 하루는 현지인 집에 초대받아 갔는데 밥상 위로 바퀴벌레가 지나가는 것이다. 바퀴벌레를 보고 기겁하는 것은 나뿐이었다. 친구가 바퀴벌레는 물지도 않는데 왜 놀라냐며 바퀴벌레를 손으로 툭 쳐 내는데 오히려 바퀴벌레를 보고 기겁한 내가 무안해질 정도였다. 물지 않는 벌레들은 해충이 아니라고 생각해서 바퀴벌레나 파리 같은 것들은 집 안에 있어도 잘 잡지 않는다.

내가 살던 집에도 처음에 바퀴벌레가 득실댔었는데, 너무 많아 어떻게 할 방법을 모르고 참고 있었다. 그러다가 다림질을 하고 있는데 다리미의 물 넣는 구멍에서 바퀴벌레가 스멀스멀 기어 나와 내 손을 타고 올라오는 것을 보고 있으니 도저히 안 되겠다 싶어 바퀴벌레 약 10통을 사다가 온 집 안에 다 뿌려 댔다. 동네 사람들은 내가 바퀴벌레 약 10통이나 사는 것을 보고 아마 동네 전체 방역을 하러 다니는 줄 알았을 것이다. 마스크를 쓰고 구석구석 뿌린 후에 저녁때 집에 들어가니, 천장에 살았던 바퀴벌레들은 침대 이불과 베개 위에 떨어져 죽어 있었고, 주방에서 살던 바퀴벌레들은 밥그릇 안에서 죽어 있었다. 밖에 보이는 것만 치웠는데도 서른 마리는 족히 되어 보였다. 그렇게 고생해서 잡은 바퀴벌레들이 사라지는 것도 잠깐이고, 옆집 앞집 뒷집에서 점점 넘어오는 바람에 나중에는 결국 포기하고 바퀴벌레와 동거를 시작했다.

2년이 지나고 돌이켜 보면 벼룩이고 바퀴벌레고 사실 그렇게 걱정할 필요는 없었다. 아무리 피하고 죽인다고 하더라도 물리고, 현지에서 살다 보면 한국에서는 어마어마해 보이던 벼룩, 바퀴벌레도 그냥 지나가는 하루살이처럼 보게 된다. 그래도 후배 단원들이 에티오피아에 대해 이런저런 것들을 물으면 벼룩 퇴치제와 바퀴벌레 약은 한국 것이 최고니 꼭 챙겨 오라고 이야기해 주고 싶다.

하라르 성 내부 길거리 모습

짜이나 짜이나

에티오피아 사람들은 동양인들은 무조건 '짜이나(China, 중국사람)'라고 부른다. 어차피 한국 사람이나 중국 사람은 비슷하게 생겼으니 '짜이나'라고 부르는 것은 상관없지만, 그 짜이나를 무시와 경멸의 톤으로 부를 때는 정말 화가 난다. 짜이나 뒤에는 '레바'나 '알리바바'가 따라오곤 한다. 처음에는 '레바'나 '알리바바'가 무슨 뜻인지 친구들에게 물어봐도 잘 안 가르쳐 주었는데, 결국에는 그 두 단어가 도둑이라는 뜻을 알고 나서부터 기분이 더 나빠졌다. 친구들도 내가 기분이 나쁠까 봐 그 뜻을 안 가르쳐 줬었던 것 같다.

하루에 한두 번은 '짜이나! 레바!' 같은 소리를 듣는데, 하라르에는 워낙 외국인도 없고 하니 처음 보는 외국인이 신기했을 수는 있다. 외국인과 인사도 나눠보고 싶고 말도 걸어보고 싶은 것은 이해하지만 도가 지나쳐 도둑놈 소리는 2년이 지난 마지막까지 참기 힘들었다. 중국 사람들을 왜 도둑놈이라고 부르는지는 잘 모르겠지만, 아무래도 중국산 공산품들이 많이 수입되어 있고, 그 공산품들이 우리나라에서 쓰는 중국산 제품보다 더 품질이 안 좋아 도둑놈이라고 부르기 시작한 것 같다.

한번은 길을 지나다가 어떤 현지인이 전기 멀티탭을 내 얼굴로 들이밀고 현지어로 나한테 욕을 해 대기 시작했다. 너무 어이가 없고 황당해서 가만히 듣고 있다 보니 그 말이 "네 나라에서 만든 멀티탭인데 한 달을 채 못 썼다. 왜 이런 물건들을 우리나라에 보내는 것이냐"라고 하는 것 같았다. 중간중간 욕도 좀 섞여 있는 것 같아 기분이 매우 안 좋아 하마터면 싸움이 날 뻔했다.

이런 황당한 일들이 한두 번이 아니었는데, 어떻게 생각하면 이 나라 사람들은 값싼 중국산 제품이 없으면 멀티탭은 물론 숟가락 하나 제대로 사지 못할게 뻔하다. 멀티탭이 오천 원 정도 하는 우리나라에 비해 이곳에선 우리 돈 천 원이면 구할 수 있는데 하루 일당이 오천 원이 채 안 되는 이곳에서 하루 일당과 같은 가격은 사치일 것이다. 값이 싸면 품질이 떨어질 수밖에 없다는 것과 에티오피아 밖에서는 5배, 10배 정도 더 내야 같은 물건을 살수 있다는 것을 이해하지 못하는 현지인들은 애꿎은 화를 중국인에게 내고 있는지도 모른다.

또 한 번은 이런 일도 있었다. 학교 안에서 수업을 마치고 사무실로 향하는 길에 학생 한 명이 "짜이나 짜이나" 하며 나를 부르더니 신 나게 웃어 대는 것이다. 밖에서야 이런 일이 흔하지만 학교 안에서는 내가 선생인 것을 다 아니 그런 일이 한 번도 없었다. 신 나게 웃고 있는 학생을 현지어로 부르니 이 학생이 또 짜이나가 우리말을 한다며 뭐가 그리 웃긴지 또 웃는 것이 아닌가? 이 정도 조롱을 들으니 나도 화가 나 그때부터는 큰소리로 우리말로 불렀더니 학생은 뒷걸음질치면서 난 중국어 못한다며 '충칭창 충칭창' 하며 내가 한 말을 이상하게 흉내 냈다. 결국에는 내가 잡으러 가자 학생도 내빼기 시작했다.

강의실을 정리하고 나오던 내 학생들이 이 광경을 보고 그 학생을 전속력으로 뛰어 때리기기 시작했다. 하지만 이미 늦어 학생은 어디론가 도망가 버리고 없어졌다. 내 학생들은 그 학생의 담임선생님을 소개해 줬고 나는 담임선생한테 사정을 설명하며 그 학생을 내 사무실로 보내달라고 얘기하고 자리를 빠져나왔다.

며칠이 지나서 그 학생이 내 사무실로 찾아왔다. 우리나라로 치면 교무실로 온 셈인데 팔짱을 끼고 벽에 삐딱하게 기대 "나를 왜 불렀냐?"고 묻는 모습을 보니 화가 머리끝까지 치밀어 올랐다. 학생 뒷목을 잡고 당장 대학 총장한테 찾아갔다. 자초지종을 얘기하니 총장은 나보다 더 화가 났다. 그러더니 학생증을 빼앗아 버리는 것이다. 이 학생을 퇴학시키겠다는 것이다. 학생도 일이 커지는 것을 느꼈는지 울먹이고 나한테 잘못했다 하고 있었고 단순히 혼쭐을 내주고 싶었을 뿐이지 일을 크게 만들고 싶지 않아 총장을 진정시키고 다시 내 사무실로 데리고 왔다. 결국에는 그 학생은 벌로 내 사무실에서 한 달간 내 심부름을 했다. 그런 일이 있었던 뒤로 학교에서 더 이상 나보고 짜이나라고 부르는 학생들은 없었다. 가끔씩 신입생들이 짜이나라고 부르면 주위에 있는 선배들이 말리는 모습도 보였다.

2년간 에티오피아에서 살면서 가장 힘들었던 것은 잦은 정전도 단수도 아니고 현지인들의 무시의 눈빛과 조롱의 말이었다. 같이 일하는 동료나 친구들이 미안해하고 대신 사과해 주어 그나마 마음이 누그러들었지만 이런 상황을 현명하게 대처하고 의연하게 넘기는 그런 마음가짐이 필요하다.

This is Africa

T. I. A (This is Africa). 어느 영화에서 나왔던 문구였던 것 같다. 아프리카가 배경이었고 주인공이 상대에게 부당함을 이야기하자 상대가 T. I. A. 라고 외쳤는데, 그 말 속에는 '여기는 아프리카니 부당하고 억울해도 어쩔 수 없다'는 것이다. 여기는 아프리카니 부당함을 참고 견뎌야 한다는 것이다.

나 역시 2년 동안 에티오피아에서 살면서 부당하고 억울한 일을 많이 겪었다. 아프리카니 내가 참아야지 생각하는 것도 한두 번이지 매번 그런 일을 겪다 보면 화가 난다. 아무리 화가 난다고 해도 부당함에 대해 호소하거나 싸우면 결국에는 나만 손해다. 달라지는 것이 하나도 없기 때문이다. 나도 여러 번 화도 내고 이들을 고쳐 보겠다고 노력도 했지만, 봉사자로 열심히 활동해 필요한 곳에 도움을 주는 것이 먼저고 이런 일들 때문에 하나하나

스트레스를 받는 것보다 내가 참고 넘어 가는 것이 백 번 천 번 나은 것 같다.

2년 동안 아프리카에서 그것도 아프리카 가난의 상징인 에티오피아에서 겪었던 'This is Africa Report'이다.

Report1 이 나라의 서비스

T. I. A. Report 중에 단연 일등은 이 나라의 서비스일 것이다. 에티오피아에서 무슨 서비스 정신을 기대하느냐고 되물을 수도 있는데, 내가 기대하는 것은 우리나라의 "어서 오세요, 고객님"이나 "사랑합니다, 고객님" 같은 서비스가 아니다. 내가 받아야 하는 정당한 서비스를 받고 싶을 뿐이다.

아프리카의 부당함은 사회주의의 잔재가 남아 있어 수요자보다 공급자가 우선이라는 생각 때문인 것 같다. 그래서 항상 수요자가 고객이고 고객은 왕이라는 생각을 가지고 있는 우리는 적응하기가 힘들다. "어서 오세요 고객님"이 아니라 "저 왔습니다, 공급자님"이라고 인사해야 맞는 것이다.

한국에서 먹을거리나 활동 물품 같은 수화물을 받을 일이 많은데 이 수화물을 받을 때마다 우체국에서 받는 스트레스는 정말 극에 달한다. 한번은 봉사단 활동 지원 물품으로 프로젝터를 신청해 받은 적이 있었다. 수화물에는 취급주의 스티커가 잔뜩 붙어 있는데도 불구하고 이 우체국 직원들이 그 프로젝터를 내

발 앞으로 거의 2m를 던지는 것이다. 수령증에 서명을 하면서 이건 깨질 수도 있는 전자제품이라고 던지지 말라고 그렇게 주의하라고 했건만 내 말은 들은 채도 안 한다. 피구공마냥 던져지는 프로젝터를 보면서도 '아, 이곳이 아프리카지'라고 다시 한 번 생각하고 참아야 한다.

물건을 보낼 때도 상황은 다르지 않다. 한번은 동료 단원이 아프리카 전통 인형을 선물로 한국에 붙여야 할 일이 있었는데, 우체국에서 인형 안에 무엇이 들었냐며 꼬치꼬치 캐묻기 시작했다. 동료 단원은 인형에 들은 것이 솜이지 무엇이냐고 어이없어하자 결국엔 우체국 직원들이 그 인형의 목을 잘라 안을 보려고 했다고 한다.

공항도 역시 정부 기관이라 아프리카임을 느끼게 하는 일이 많다. 한번은 수도에서 하라르에서는 구할 수 없는 돼지고기와 닭고기 같은 것들을 잔뜩 사 온 일이 있었다. 그런데 항공사에서 그 수화물을 잃어버린 것이 아닌가. 동료 단원들과 나는 그 수화물이 상할까 봐 노심초사하고 있는데, 항공사 직원의 대답은 정말 T. I. A.를 뼈저리게 느끼게 했다.

"내일 다시 공항으로 나와 봐. 찾을 수도 있고 못 찾을 수도 있어."

그 직원이랑 실랑이를 했지만 공항 직원은 내가 잃어버린 것이 아니니 나한테 따지지 말라는 대답만 했다. 결국 다음 날이 되어 짐을 찾기는 했지만 돼지고기는 상해서 전부 버려야 했다.

정전과 단수가 잦은 것은 T. I. A. 축에 끼지도 않는다. 아프리카니까 어쩔 수 없다고 생각하면 그만이다. 하지만 전기세와 물세 폭탄은 T. I. A.이다.

하루는 수업 중에 전화가 10번이 넘게 울리는 것이다. 급한 전화인 것 같아 학생들에게 미안하다 이야기하고 전화를 받으니 이웃집 아주머니가 숨이 넘어가게 말을 하는 것이다. 암하릭으로 너무 빠르게 이야기를 해서 알아듣지 못하고 결국에는 수업을 조금 일찍 마치고 헐레벌떡 집으로 뛰어갔다. 집에 가기 전에는 아주머니네 집에 무슨 일이 있는 줄 알았다. 가난한 집이고 해서 가끔 먹을거리도 사다 주고 찾아가 커피도 마시고 가깝게 지내다 보니 내 도움이 급하게 필요한 일이 있다고 생각했다. 그런데 집에 가 보니 장정 두 명이 우리 집 담벼락을 넘고 있는 것이 아닌가? 한국이었으면 대낮에 도둑이라니 하며 매우 화가 났겠지만 에티오피아에 적응되어 우리 집 담벼락을 넘는 사람들을 보고 화가 나기보다 '도둑놈이 대낮에 배짱도 좋지'라는 생각만 들었다.

도대체 뭐하는 짓이냐고 물으니 그 장정들은 우리 집 전기를 끊으러 왔다는 것이다. 아까 배짱 좋은 도둑을 봤을 때도 화가 안 났는데 전기를 끊겠다고 담을 넘고 있는 것을 보니 화가 끝까지 치밀어 올랐다. 전기세가 나왔다는 것을 알려 주지도 않았으면서 도대체 왜 전기를 끊는 것이냐고 화를 내고 싶었지만 여기

는 아프리카니까 화를 내도 아무 소용이 없다는 것을 이미 터득
한 후였다. 그렇게 했다가는 긁어 부스럼을 만들 것이 뻔하고 일
이 더 커져 몇 날 며칠 전기 없이 살아야 하는 것이 눈에 뻔히 보
였기 때문이다.

　미안하고 지금 내겠으니 얼마인지 얘기하라고 하니, 전기세가
가관이다. 혼자 사는 집에, 그것도 전기라곤 노트북과 핸드폰 충
전 정도만 쓰는 우리 집에 전기세가 10만 원이 넘게 나왔다는 것
이다. 평소에 3천 원 정도 나오던 전기세가 10만 원이 나왔다니
또 화가 치밀어 올랐다. 분명히 계량기를 보지도 않고 집이 좋고
외국인이 사니까 대충 10만 원을 부른 것이다.

　그제야 화를 내기 시작했다. 저번에는 물이 2주가량 나오지도
않았는데 물세가 5만 원이나 나와 싸우다 결국 물세를 낸 기억이
있어 내가 화를 내도 아무 소용이 없다는 것을 알면서도 따져 묻
기 시작했다.

　결국엔 전기를 끊으러 온 장정들에게 오늘까지 내겠으니 사정
사정하며 전기를 끊지는 말라고 달래서 돌려보냈다. 아까는 화
내서 미안하다는 사과도 함께. 결국엔, 그날 오후 10만 원 전기세
를 내고 전기를 편하게 쓸 수 있었다.

 비싼 저녁 식사 한 번으로
해결되는 일들

에티오피아에서 일하다 보면 일이 잘 진행되지 않을 때가 있다. 내가 아무리 열심히 일하더라도 관공서에서 일을 고의적으로 늦게 진행시키는 경우가 한두 번이 아니었다. 처음에는 무작정 기다리기만 했는데, 그렇게 해서는 한도 끝도 없이 기다려야만 하는 경우가 있다.

현지인의 집에 인제라 굽는 기계를 사 주고 그 기계로 인제라를 대량으로 만들어 식당에 납품함으로써 수익을 창출해 한 가족이 경제적으로 자립할 수 있도록 도와준 적이 있다. 문제는 그 현지인 가정에 전기가 겨우 전구를 밝힐 정도밖에 들어오지 않아 전기를 쓰는 인제라 기계를 켤 수 없었다.

우리의 한전과 같은 전기 회사에 몇 번씩 찾아가서 이 집에 전기 용량을 늘려 달라고 부탁을 했지만 꿈쩍도 하지 않았다. 이 일의 취지를 설명해 줘도 내 일이 아니라며 이곳저곳 뺑뺑이를 돌리기만 했다. 한 달이 지나도 전기 문제로 그 가정에 사 준 인제라 기계를 돌려보지도 못하고 있어 결국에는 다른 방법을 써야겠다고 생각했다.

아는 사람을 통해 전기 회사의 중간 매니저를 직접 만났다. 그리고 밥을 같이 먹으면서 내 취지를 설명해 주고 좀 도와 달라고 부탁했다. 물론 하라르에서 제일 비싼 식당에 초대해 밥은 내가 샀다. 어떻게 보면 작은 접대를 한 셈이다. 그러자 다음 날, 한 달이 지나도 해결되지 않던 문제가 바로 해결되었다.

　그 매니저가 좋은 취지를 받아들인 것인지 밥을 얻어먹어서
해 준 것인지 잘 모르겠지만, 현장 사업을 진행했을 때도 밥을 같
이 먹으면 사정사정해도 진행되지 않던 일이 일사천리로 마무리
된 경우가 많았다. 접대와 선물로 모든 일을 해결해 나간 것은 아
니지만, 그렇게 하면 일이 빠르고 쉽게 해결된다는 것이 씁쓸하
기도 하고 처음부터 해 줄 수 있는 일들을 그렇게 뺑뺑 돌리면서
뭘 받기 전에는 안 해 주려는 것을 보면 괘씸하기도 했다. 에티오
피아니 어떻게 하겠는가, 처리해야 되는 민원이 아니라 부탁을
들어주어야 하는 입장이라고 생각하니 어쩔 수 없는 일이었다

Chapter 4

나눔

길거리 서점 책은 많이 없지만 사는 사람들은 많다

봉사 속 봉사

에티오피아에서 살다 보면 정기적으로 찾아오는 단기 봉사
팀을 만날 기회가 있다. 길게는 몇 달 짧게는 몇 주씩 와서 집을
짓는다거나, 교육 봉사 같은 일을 하고 떠난다. 이들을 보면서 단
기 봉사에 대한 회의가 들었다. 에티오피아 실정은 모른 채 한국
에서 준비해 온 프로그램들로 밀어붙이기식의 행사라서 봉사하
는 팀들에게도 또 현지인들에게도 실질적인 도움이 안 될 뿐 아
니라, 현지인들에게 봉사자는 퍼주기만 하는 사람이라는 잘못된
인상을 심어 주는 경우도 많았다.

　하지만 이런 단기 봉사활동에 대한 생각이 바뀐 일이 있었다.
에티오피아에서는 봉사단원들이 한 달에 한 번 수도에서 세 시
간 정도 떨어진 '가레아레라'라는 지방으로 하루 단기 봉사를 떠
나는데, 그 행사에 참가하고 나서부터이다.

1년 전 첫 번째 가레아레라 봉사는 아이들이 질서를 지키지 않아 봉사자들이 회초리를 들고 움직여야 했고, 봉사자들이 나눠 주는 것을 뺏기 위해 우르르 달려들지는 않을까 하는 생각에 마음 졸이며 지켜봤었다. 실제로 너무 많은 사람들이 달려들어 현지인들과 봉사자들이 다칠까 봐 물건을 싣고 갔던 트럭이 허겁지겁 철수한 적도 있었다.

하지만 1년 후 다녀왔던 가레아레라의 모습은 많이 달라져 있었다. 회초리를 들고 아이들에게 고함칠 필요도 없었고, 무료 진료소에는 사람들이 줄을 서서 약을 타 가는 것이 보였다. 질서가 지켜지니 교육도 진료도 차분히 이루어졌다. 교육도 1년 전처럼 지식을 전달하는 교육이 아니라 아이들과 함께 뛰노는 놀이 교육으로 진행됐다.

한 달에 하루 단기 봉사도 이들에게도 뭔가 도움이 될 수 있겠다는 생각이 들었다. 아이들에게는 질서를 지켜야 한다는 것을 가르쳐 주고, 학교에서 배울 수 없는 교육으로 하루만이라도 새로운 것을 경험시켜 준다면 이 아이들이 자라서 그때 그 외국인이 와서 함께했던 것을 떠올릴 수 있지 않을까 라는 생각이 들었다.

하라르 지역에서도 이런 단기 봉사를 하면 좋겠다는 생각이다. 하라르로 돌아와서 누구와 어떻게, 어디서 해야 하는지 많은 생각을 했다. 지역에 같이 있는 외국인들에게 같이 가면 어떻겠냐고 설득을 했고, KOICA 봉사단 4명과 독일 봉사단 3명, 필리핀

운동회 시작 전 노랑팀
파이팅

손 씻기 교육

참가자들

전문가 6명과 같이 가기로 했다. 처음에는 현지 의사를 고용해서 무료 진료도 하고, 아이들에게 전문적인 교육도 해 보는 것이 어떨까 싶었지만, 처음 하는 활동에 너무 많은 욕심을 내지 않는 것이 좋겠다 싶어 아이들 100여 명과 소규모 운동회를 해 보기로 했다. 이인삼각 달리기, 종이 위에 오래 버티기, 축구 경기를 하기로 하고 이 운동회와 더불어 손 씻기 교육과 영화 상영을 하는 것으로 결정했다. 봉사지로는 한국에서 농촌개발사업을 진행하고 있는 하라르 외곽 지역으로 가기로 했다. 몇 번의 사전 방문 결과 한국에서 진행하고 있는 사업 때문에 우리에 대한 좋은 인상을 받고 있어 초등학교 부지를 사용할 수 있었다. 준비 기간 동안 한국무역진흥공사 에티오피아 사무소의 지원도 받아서 봉사 활동에 쓸 물건도 구입할 수 있었다.

한 달여를 꼼꼼히 준비하고 떠났다. 처음에는 아이들과 하는 작은 운동회라 준비할 것이 별로 없다고 생각했다. 하지만 의외로 준비할 것도, 생각해야 할 것도 많았다. 특별히 신경 쓴 것은 아이들이 움직이는 동선이었다. 아이들의 동선이 최대한 겹치지 않고 넓은 공간에서 움직일 수 있도록 했다. 의약품과 암하릭이 통하지 않는 시골 마을의 특성상 오로미아어나 하라리어를 할 수 있는 통역사도 구해야 했다.

제대로 된 공조차 없어 짚을 엮은 것을 차고 놀던 아이들에게 축구공을 나눠 주고 축구 경기를 같이 했고, 이인삼각 달리기, 종이 위에서 오래 버티기와 같은 게임들을 같이했다. 참가한 봉사자들도 함께하면서 오랜만에 축구도 하고 게임도 하면서 즐거운 시간을 보냈다.

운동회와 더불어 아이들에게 비누를 나눠 주며 올바른 손 닦기 교육도 진행했다. 준비해 간 영상도 보여 줬는데, 세계 지도와 대도시의 모습, 외국인을 보면 어떻게 인사해야 하는지에 대한 영상이었다. 아이들이 생전 처음 보는 프로젝터 영상에 매우 신기해하기도 했다.

하지만 꼼꼼히 준비한다고 했지만, 부족한 점이 많았다. 아이들이 이인삼각 달리기 같은 쉬운 게임도 이해하기 힘들어 했다. 또 몇 개 팀으로 나눠 경기를 진행했는데, 아이들이 팀을 나눠 경쟁한다는 사실을 이해하지 못했다. 아마도, 운동회 같은 것을 접해 보지 못해서 그렇지 않았을까 싶다. 마지막 팀별로 시상을 할 때도 너무 좁은 곳에서 모여 있다 보니 운동회에 참여한 아이들과 그렇지 않은 아이들이 구별되지 않았고, 그래서 결국에는 상을 받으려고 달려오는 아이들 때문에 자칫하면 압사 사고도 날 뻔했다.

후회가 남기도 했지만, 결과적으로 만족스러웠다. 시골 아이들의 순수한 웃음을 보면서 그 아이들과 함께 뛰놀고 나니 에티오피아에 처음 도착했을 때 그 마음을 다시 되새길 수 있었다. 아이들에게 도움이 되고자 갔지만, 정작 처음 순수했던 봉사의 마음을 다시 되새기고 왔으니 내가 도움을 받았다. 조금은 상투적인 표현이지만, 그날은 그런 마음을 느낄 수 있었다.

새로 보수한 하라르 성곽

핸드폰으로
바꿔 버린 장학금

학교에서 강의하다 보면, 경제적으로 어려움을 겪고 있는 학생들이 많이 보인다. 지각하는 학생들을 다그치면 장사를 하다가 늦었다던가, 부모님 일을 돕다가 늦게 나왔다는 학생들도 있고, 아르바이트에 지쳐서 가끔 수업에 빠지는 학생들도 있었다. 어려운 학생들을 보다 보니 어떻게 하면 자연스럽게 도울 수 있을까 고민했는데, 마침 한국해외봉사단연합회에서 장학금을 지원해 주어 수여할 기회가 생겼다.

워낙 어려운 환경에서 공부하는 학생들이 많아 장학생 선정 시 애를 먹었는데, 어렵게 선정한 학생은 심한 소아마비를 앓고 있었음에도 학교를 빠지지 않고 열심히 공부하는 학생이었다. 전달식 날 학생이 좋아하는 모습을 보니 보람되었다. 얼마 안 되는 금액이지만 에티오피아에서는 중산층 가정 한 달 생활비 정

도의 돈이었기 때문에 꼭 필요한 곳에 쓰인다 생각하니 큰일을
한 것만 같았다.

　며칠 뒤 학생이 사무실로 찾아왔다. 그런데 학생이 못 보던 핸
드폰을 들고 있는 것이다. 좀 비싸 보이는 핸드폰이었다. 설마,
설마 했다. 언제 샀느냐고 물어보니 이번에 샀단다. 돈이 어디서
났느냐고 했더니, 내가 준 돈으로 샀단다. 결국 내가 준 장학금의
반이 넘는 금액으로 최신 핸드폰을 산 것이다. 상식적으로는 그
돈으로 학교에 등록하고, 더 큰 병원에서 물리치료를 받고, 갑자
기 아플 때를 대비해 저축해야 했다. 나는 당연히 그 돈을 그렇게
쓸 것이라고 생각했다.

　그 핸드폰을 보고 있자니 며칠 전 느꼈던 뿌듯한 마음은 싹 가
시고 내가 한심스러웠다. 받은 돈으로 무엇을 할지 꼼꼼히 물어
봐야 했었고, 어떻게 하면 좋은 곳에 쓸 수 있을지 학생과 마주
앉아 대화를 나눴어야 했다. 그 돈으로 수도에 있는 한국 병원에
의사를 만나 보라고 했었어야 했다. 그 돈으로 책을 사서 읽고 공
책을 사서 공부를 하는 것을 도왔어야 했다. 그 돈으로 다 헤진
슬리퍼 대신 운동화를 사 신고(감염 문제로 신발이 중요하다) 약을 사 먹으
라 했었어야 했다. 그렇게 하지 않은 것이 뒤늦게 한심스러웠다.
변명을 하자면, 내 한 달 생활비에 반도 안 되는 적은 돈을 주면
서 생색내고 싶지 않았고, 당연히 장학금을 적당한 곳에 쓸 줄 알
았다. 내 마음 편하자고 장학금을 주고 신경을 쓰지 않았고 결과
적으로는 안 주는 것보다 못한 장학금이 되어 버렸다.

 내 이름은 테스파

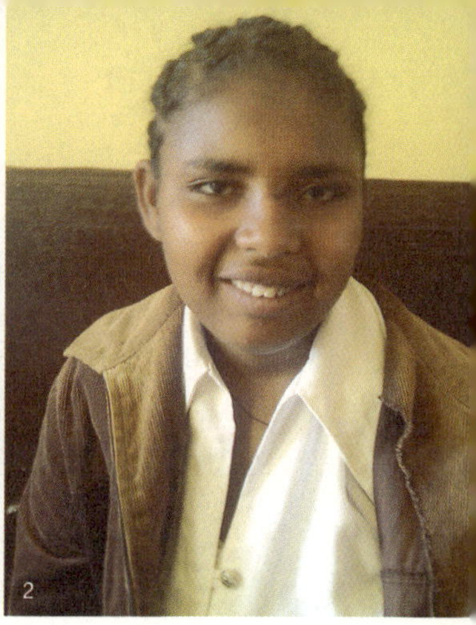

1. 장학금 수여식 날
2. 장학금을 받은 학생

그 학생을 보니 봉사가 단순히 물질적인 것을 주고 그 후의 일을 신경 쓰지 않는다면, 내 만족을 넘어서지 못한다는 것을 깨달았다. 물질적인 것을 주는 뿌듯함과 함께 이들이 그 돈이나 물건으로 도움이 되는 것을 옆에서 지켜보고 그렇게 되도록 도와주면서 성취감을 느껴야 할 것 같다.

선배 단원이 했던 말 중에 2년간의 장기 봉사는 세일즈맨 같은 직업 정신을 가지고 임해야 한다는 말을 그날에서야 깨달았다. 냉장고나 TV를 팔면서 A/S까지 책임지듯이 이들에게 장학금이나 기부를 하고 나서 우리도 기부된 것이 올바르게 쓰이고 있는지 사후 관리를 책임져야 한다. 그래서 그 선배 단원도 가전제품을 파는 세일즈맨의 직업 정신을 가져야 한다고 이야기했었나 보다.

하라르 성곽에 뚫린 구멍으로 지나다니는 아이

엿 바꿔 먹은 장학금,
그 후 이야기

받은 장학금을 엿 바꿔 먹은(최신 휴대폰으로 바꿔 버린) 학생은 그 이후에도 내 사무실에 가끔 찾아와 내 안부를 묻고 했었다. 불편한 몸이지만 한 손에는 공책 한 손에는 최신 휴대폰이 들려 있었다. 물론 학생이 전달받은 장학금으로 최신 휴대폰을 산 것은 처음부터 꼼꼼히 챙기지 못한 내 잘못이지만, 어찌나 괘씸하던지 그 휴대폰을 볼 때마다 속이 부글부글 끓어올랐다. 찾아올 때마다 끓어오르는 감정을 추스르고 한국말도 가르쳐 주고 어려운 것은 없는지 자세히 물어보고 필요한 것이 있으면 도와주곤 했었다.

어느 날은 수업을 마치고 사무실로 향하는 나를 학생이 우울한 표정으로 불러 세웠다. 학생을 보자마자 왜 우울한지 알게 되었다. 항상 한 손에 들고 있던 그 휴대폰이 사라진 것이었다. 자초지종을 물으니 몸도 불편하고 하니 소매치기의 대상이 되었던 것 같았다. 좋은 곳에 뜻있게 쓰라고 전해 준 장학금으로 휴대폰을 산 것도 속상한데 그 휴대폰을 잃어버렸다니 속상함 그 자체였다. 그리고 나서는 더 충격적인 얘기를 들었다.

"선생님, 어차피 선생님이 한국 보내 줄 거니까 괜찮겠죠? 한국 가면 다시 사면 되겠죠?"

장학금을 줄 때 학생이 오해하지 않도록 이런저런 설명을 다 해 줬는데 학생은 여전히 이 장학금을 통해 한국으로 유학 갈 수 있었던 줄 알았던 것이다. 나는 당황해서 그 자리에서 그건 아니라고 얘기해 줬다. 그러자 학생이 눈물이 글썽글썽 하는 것이다. 여기서 한마디만 더하면 분명히 그 자리에서 펑펑 울어 버릴 것만 같아 사무실로 조용히 데리고 왔다. 사무실로 데리고 와서 다시 한 번 유학 가는 것은 아니고 휴대폰 잃어버린 것은 안타깝다고 잘 타이른 후 돌려보냈다.

그날 저녁 집에서 쉬고 있는데 문득 학생이 떠올랐다. 마치 가보처럼 들고 다니던 휴대폰도 소매치기를 당했고, 한국 유학길도 사라져 버린 것이나 다름이 없으니 얼마나 상심하고 있을까 생각에 가슴이 아팠다. 그래서 다시 한 번 학생에게 장학금을 주기로 마음을 먹었다.

내가 받는 생활비 일부를 보태고 동료 단원들의 도움으로 장학금이 다시 마련되었고, 이번에는 같은 실수를 되풀이하지 않도록 학생과 무엇이 필요한지 깊게 대화해 보았다. 그러자, 학생은 심각한 소아마비를 앓고 있지만 병원에서 제대로 진찰을 받아 본 적이 없으며 사실 그 병이 소아마비인지도 확실히 모른다는 것이다. 그리고 19년 동안 하라르 시내를 벗어나 본 적이 없다고 했다. 학생에게는 반경 30km가 채 되지 않는 작은 시골 도시 하라르가 세상 전부였을 것이다. 그래서 학생을 수도 아디스아바바에 있는 한국 단체가 운영하는 명성병원에 보내 정확한 진찰을 받고 필요한 물리치료나 약이 있으면 알아 오는 것이 좋겠다고 했다. 물론 하라르를 벗어나 대도시를 보면서 더 넓은 꿈을 꾸면 좋겠다는 바람도 있었다.

저번에 크게 실수한 적이 있으니, 이번에는 병원에 직접 연락해 이렇게 진찰을 받는지, 그리고 병원비가 얼마인지도 물어보았다. 명성병원의 한국인 행정원 분은 직접 병원의 사회 복지 담당자와 학생을 연결해 주어 도움을 주었다. 병원 예약이 끝나고 아디스 아바바까지 버스표도 직접 끊어 주고 호텔까지 예약해 주었다. 그리고 나서도 학생 혼자 대도시에 보내려니 마음이 놓이지 않아 수도에 있는 KOICA 단원과 연결해 주었고 매일매일 나한테 전화해서 어떻게 지내는지 전해 달라는 당부도 잊지 않았다.

4박 5일이 지나자 학생이 돌아왔다. 사무실을 들어서는 순간 학생의 표정이 어찌나 밝던지 2년 동안 보아 왔던 현지인들의 표정 중에 가장 밝은 표정이었던 것 같다. 비록 몸이 불편한 것은 이미 성장이 끝나 더 이상 손쓸 수 없다는 안 좋은 진단 결과를 가지고 왔지만, 학생은 큰 병원에서 정확한 진찰을 받아 보았다는 것과 인생에서 처음 버스를 타고 나가 대도시를 구경할 수 있었다는 것에 매우 만족했던 것 같았다. 한국인 병원에서 진찰받은 것이 아예 소용없었던 것은 아니고 가끔 일어나는 발작성 기절에 필요한 약도 타 왔으니, 앞으로 하라르에서도 약국에서 그 약을 사 먹으면 되는 일이었다.

결국에는 먼 길을 돌아왔지만, 두 번의 장학금 만에 학생에게 도움이 될 수 있었다. 처음 전달한 장학금은 내 경험 부족 때문에 큰 도움이 되지 못했지만, 두 번째 장학금은 학생과의 면담부터 세세한 것 하나까지 처음부터 끝까지 신경 써 주며 도와주다 보니 학생에게 많은 도움이 된 것 같다. 장학금을 그냥 전달하는 일보다 배는 힘들었지만 두 번째 장학금 전달은 내 나름 어려운 학생에게 올바른 도움을 주었다는 뿌듯함과 성취감을 동시에 느낄 수 있는 계기였다.

에티오피아 커피 장사꾼

휴가 때 뵈었던 분들 모두 반가웠습니다. 커피는 어떠셨는지요? 1년 만에 갑자기 한국에 나타나서 난데없이 커피를 사달라고 했으니 조금 당황하셨을 것 같습니다.

1년이 지나 휴가를 떠난다고 하니, 현지인 친구들이 커피를 팔아 달라는 부탁을 했습니다. 친구의 어려운 사정을 알기에 흔쾌히 그런다고 했습니다. 대신 일정 부분의 이익은 어려운 사람들을 위해 기부하자는 약속을 받았습니다.

이익을 정산하니, 15만 원가량이 남았고 이 중에 5만 원 정도를 어려운 현지인들을 위해 기부하기로 하였습니다. 저도 여기에 10만 원을 보태 15만 원으로 어떻게 하면 어려운 이들을 도울 수 있는가 친구들과 함께 고민했습니다.

저번에 한 단체에서 지원받은 장학금은 학생이 계획 없이 써 버려 도움이 되지 못한 경험이 있어 더욱 신중히 고민했습니다. 돈을 주는 것이 아니라, 경제적 자립을 할 방안이 무엇이 있을까 생각해 보았습니다. 이곳은 '인제라'라는 우리 숱빵 같은 것을 주식으로 하고 있는데, 이 인제라를 집에서 만들어 식당에 팔 수 있는 기반을 마련해 주기로 하였습니다.

인제라를 대량으로 만들 수 있게 인제라 기계와 많은 양의 때프(인제라 재료)를 샀고, 이 인제라를 팔 수 있는 식당들을 돌아다니며 수소문하였습니다. 몇몇 식당이 좋은 취지를 받아들여 하루에 총 백여 개의 인제라를 구입하기로 하였습니다. 하루 백여 개의 인제라를 납품한다면, 이 가정은 6천 원 정도의 수익을 낼 수 있고 6천 원이면 한 가족이 생활하기에 충분한 돈이었습니다.

모든 일이 순조롭게 해결되어 오늘 다섯 식구의 가정을 방문하여 인제라 기계와 재료를 전달하고 왔습니다. 집은 매우 허름해 보였습니다. 흙집은 비에 쓸려 곳곳에 틈이 보였고, 집 주위에는 온통 풀숲이었습니다. 집은 15평이 채 안 돼 보여 다섯 식구가 여기서 어떻게 잘 수 있을까 하는 생각이 들었습니다. 주방이나 화장실은 따로 없었습니다.

기술자인 아버지는 실직하여 가끔 생기는 건설 노동으로 가족을 부양하고 있었고, 어머니와 작은 아이는 부업으로 땅콩을 까서 거리에서 팔고 있었습니다. 이렇게 생기는 한 달에 3만 원이 안 되는 돈으로 다섯 명의 가족이 생활하고 있었습니다. 하지만, 아버지는 물론 어머니 역시 열심히 일하고자 하는 의지가 강하고, 현지인들이 대부분 중독되어 있는 마약류인 짜트도 하지 않고 있어 이 가정에 작은 도움을 주기로 하였습니다.

인제라 기계 값 10만 원 중 5만 원은 6개월에 걸쳐 갚아 나가기로 하였습니다. 현지인들 대부분이 기부 물품은 공짜라 생각하여 소홀히 다뤄 금방 고장 내는 것을 막고 애착을 갖도록 하기 위함입니다. 나머지 5만 원으로 재료를 사 주었습니다. 6개월 뒤에 이들이 이 돈을 갚으면 또 다른 어려운 가정을 찾아서 도울 생각입니다.

앞으로 빌린 돈을 상환하는 6개월 동안 제가 곁에서 지켜보며 성실히 일하고 있는지, 그리고 학비와 병원비 등을 잘 저축하고 있는지 꼼꼼히 살펴보고 필요한 것이 있으면 도울 예정입니다.

여러분이 사 주신 커피 덕분에 한 가정에 활기가 도는 것 같아 현지인 친구는 물론 저 역시 매우 뿌듯한 보람을 느끼고 왔습니다.

감사합니다. 짧은 글이나마, 여러분도 저와 같은 뿌듯함을 함께 느끼셨으면 좋겠다 싶어 이렇게 글을 남깁니다.

2012년 8월 23일 에티오피아 하라르에서

박강민 드림

현지 가족과 함께, 가운데는 인제라 기계

에티오피아 커피 장사꾼
그 후 이야기

KOICA에서 지원한 현장지원사업 진행으로 한창 바쁠 때, 모르는 번호로부터 전화가 왔다. 전화로 하는 이야기가 돈이 준비됐으니 집으로 와 달라는 이야기였다. 돈이 준비됐다니 무슨 소리이며, 내가 널 어찌 안다고 집으로 오라는 것이냐고 화를 내다가 문득, 5개월 전 일이 떠올랐다. 아! 그 가족이구나. 처음 한 달가량은 그 집에 찾아가서 문제점도 듣고 같이 해결도 하고 했는데, 현장지원사업 때문에 바빠진 이후로 까마득하게 잊고만 있었다.

몇 달 만에 다시 찾아간 그 집에는 생기가 돌았다. 앞마당은 어지러이 바삐 일한 흔적이 보였고, 아이들의 표정은 더 밝아 보였다. 집에서 직접 만든 인제라와 푸짐하게 차린 현지 음식도 얻어먹었다. 처음 갔을 때는 내가 괜찮다고 해도 대접할 게 없다며 미안해 했는데 그날은 내가 너무 많이 얻어먹어 오히려 내가 미안해졌다.

15만 원, 작은 돈이지만 경제적으로 어려웠던 한 가정에 큰 변화를 줬다는 생각에 뿌듯했다. 돌려받지 못할 것 같았던 5만 원을 돌려받고 감사하단 말을 듣는데, 이 말은 내가 들을 말은 아닌 것 같았다. 선물로 드려야 했던 커피를 흔쾌히 돈을 주고 사셨던 친척들과 친구들이 받아야 하는 말이었다.

되돌려 받은 5만 원에 여러 봉사자들의 힘을 합쳐 다시 15만 원을 다른 어려운 가정을 위해 썼다. 다음 가정은 현지 고춧가루를 만드는 일을 한다고 한다. 그 가정도 남편이 병으로 죽고, 아이 셋이 있는 가정을 부인 혼자 꾸려 나가고 있는 어려운 가정이었다. 그래도 남편이 살아 있을 때 지어 둔 번듯한 집과 살림살이가 있어 이전 가정보다 더 어려워 보이지는 않았다.

이 가정이 돈을 돌려줄 때쯤이면 내가 에티오피아에 없을 것 같아, 15만 원이 만들어지면 경제적으로 어려운 가정에게 전달할 것을 다짐을 받았다. 분명히 이 돈도 다시 돌아올 것이라고 믿는다. 그리고 나와 한 약속대로 어려운 가정을 쓰일 것이라고 믿는다. 적은 돈이지만 돌고 돌다 보면 많은 가정에 행복을 줄 수 있지 않을까 하고 희망해 본다.

학생들과 수업

에티오피아에서 가족같이 지낸 현지인들이 보고 싶다. 나와 함께 1년간 현장사업을 같이 진행했던 테쇼마나, 하라르에 처음 도착해 처음 사귄 아세나피, 가까운 이웃으로 아침마다 웃는 얼굴로 인사한 브라한 아주머니 등등 잊고 싶지 않은 사람들이 많다.

가장 기억에 남는 사람들은 내가 가르쳤던 학생들이다. 2년 동안 ICT 학과에 나를 거쳐 가지 않은 학생들이 없지만 그중에서도 졸업반 10명의 학생은 계속 이어서 1년 정도 가르치다 보니 우리 고등학교에 담임선생님처럼, 내가 담임 같은 것도 맡게 되었다. 처음에는 서먹서먹하던 사이가 끝날 때쯤 되니 학생들이 벌써 가느냐며 안타까움을 보이기도 했다.

처음 이 학생들을 맡을 때 기관의 강사는 커리큘럼이라며 보여 줬는데, 그 커리큘럼이라는 것이 너무 어처구니가 없었다. 우리나라 대학에서조차 한 학기 수업 분량인데 직업전문대학에서 일주일 만에 가르치라는 것이나 초등학생들이나 배울 너무 쉬운 내용을 한 달 동안 가르치라는 식이었다. 더 안타까웠던 것은 커리큘럼이 직업교육에 맞지 않게 이론적인 것에 중점을 둬서 정작 학생들이 사회에 나가서 바로 쓸 수 있는 기술을 배워가지 못했다는 점이다. 그래서 내 학생들과는 그 커리큘럼에서 벗어나지 않는 범위에서 더 실용적인 부분을 가르치려 노력했었다. 커리큘럼에 쓰여 있는 이론은 꼭 필요한 부분만 발췌해서 강의하고, 과제를 주어 직접 실습해 보는 식의 수업을 진행했다.

홈페이지 제작 수업은 홈페이지 제작 기초를 간단하게 설명하고 학생들에게 직접 홈페이지를 만드는 과제를 주었다. 프로그램을 이용해서 홈페이지를 만들어 보고 모르는 것이 생기면 나에게 물어보는 식으로 진행했다. 마지막에는 학생들이 대학 홈페이지를 만들어 냈고, 그렇게 아프리카의 작은 직업전문대학의 홈페이지가 만들어졌다. 포토샵을 가르칠 때에는 명함 만들기 과제, 네트워크 강의에서는 강의실 네트워크를 직접 설치해 보기도 하였다.

처음에는 학생들이 수업 방식에 문제를 많이 이야기했다. 학생들은 칠판에 강사가 써 준 내용을 필기하는 것이 직접 과제를

1. 수업 모습
2. 내 사무실에서 학생들과

해결하는 것보다 더 배우는 것이 많다고 생각했다. 과제는 해 본 적이 없어 과제를 통해 배운다는 생각보다는 선생님이 준 심부름을 한다는 생각을 하는 것 같았다. 하지만 이런 수업을 몇 달 진행하다 보니 학생들의 수준이 올라가 강사들이 모르는 것이 있으면 내 학생들에게 물어보러 올 정도가 되었다.

그렇게 수업이 자리를 잡아 갈 때에 문제가 터졌다. 여느 때와 같이 수업하고 있었다. 갑자기 한 무더기의 강사들이 내 허락도 없이 강의실에 들어오더니 학생들에게 고래고래 소리를 치는 것이다. 무슨 일이냐고 물어봤더니 이 학생들이 다른 수업을 거부하고 있다는 것이다. 학생들은 다른 수업에서 배우는 것이 없어 그 시간에 내 수업을 더 듣고 있다고 했다. 수업을 거부하는 것은 명백히 학생들의 잘못이나 마냥 학생들만 꾸짖을 수는 없었다. 그 뒤 행패를 부리던 강사를 불러 학생들이 네 수업을 거부하는 것은 수업 준비를 하지 않는 네 잘못도 크다고 얘기하고 앞으로 학생들과 문제가 있으면 나에게 얘기하라고 했다.

그때부터 나도 더 열심히 수업 준비를 하곤 했다. 그리고 내 수업을 듣기 위해 다른 수업을 거부할 정도라 생각하니 단순히 학생과 강사로 지내기보다는 좀 더 가까이 지낼 수 없을까 하는 생각이 들기 시작해 고민 상담도 해 주고, 다른 수업 성적까지 챙

3. 학생들과 내 사무실
에서
4. 컴퓨터 수리 강의 중
에

겨 주게 되었다. 부족하지만 어떨 때는 형 오빠같이 어떨 때는 선생님의 마음으로 대하다 보니 학생들도 마음을 여는 것이 느껴졌다.

1년여 동안 가르쳤던 학생 중에 한 학생은 결혼해 피로연에도 갔고, 한 학생은 아이를 낳았다. 몇몇 학생들은 한국의 후원자와 연결해 주었고 그 도움으로 작은 컴퓨터 가게를 내기도 하였다. 수도에 있는 좋은 직장에 취직했다는 이야기를 듣기도 했다. 학생들은 성공해서 돈 많이 벌면 한국으로 날 보러 온다고 했는데, 정말 올 수 있을지는 모르겠다. 나중에 이 학생들이 어떻게 지내나 궁금해 질 때가 되면 내가 다시 에티오피아로 향하는 날이 오지 않을까?

세 남매, 거리의 아이들

에티오피아에 있으면 가슴 아픈 일을 많이 접한다. 그런데 그런 일들을 접하더라도 내가 할 수 있는 일이 아무것도 없다는 것을 알면 더 가슴 아프고 힘들다.

한번은 동료 단원들과 저녁 식사를 하고 집으로 가고 있었다. 집에 거의 다다를 무렵 여섯 살쯤 되어 보이는 꼬마가 나를 따라오며 "Money"를 외쳐 댔다. 사실 에티오피아에 있다 보면 이런 아이들이 너무 많아서 처음에는 불쌍한 마음에 빵도 사 주고 푼돈도 쥐어 주고 하지만 지내다 보면 무뎌지게 되어 그냥 지나쳐 버리는 경우가 대부분이다. 나중에 안 사실이지만 관광객들과 외국인이 이 아이들에게 돈을 너무 많이 주어서 부모들이 거리로 내몰기도 한단다. 그런 사실을 알고 난 후에는 더더욱 그냥 지나치게 되었다.

1. 길에서 살고 있는 사람들, 여기서 잠도 자고 빨래도 한다.
2. 등짐을 나르는 아이, 이렇게 등짐을 나르면 5비르(3백 원) 정도를 받는다.

하지만 그날은 좀 달랐다. 내 걸음을 따라오려고 거의 뛰다시피 하는 여자아이가 안쓰러워 조금 천천히 걷다 보니 그 여자아이의 등에 또 다른 아이가 업혀 있는 것을 보았다. 여섯 살짜리 꼬마 아이의 등에 업힌 갓난아이, 보자기에 싸여 잘 보이진 않았지만 딱 봐도 태어난 지 1년이 안 된 갓난아이였다. 맨발에 다 해진 옷을 입고 있는 그 아이는 그렇게 자기 동생을 돌봐 가며 나를 따라오고 있었다. 걸음을 멈췄다.

걷는 것을 멈추니 내 뒤에 서너 살 남짓의 남자아이도 따라오고 있었다. 천천히 걷고 있었지만 서너 살이 되어 보이는 아이는 뛰고 있었다. 그리고는 남자 아이는 그 갓난아이를 업고 있는 여자 아이의 손을 꼭 붙잡았다. 아마도 나를 따라온 것이 아니라 누나가 사라질까 봐 기를 쓰고 따라온 것 같았다.

여섯 살쯤 되어 보이는 여자아이와, 서너 살 된 남동생, 그리

 내 이름은 테스파

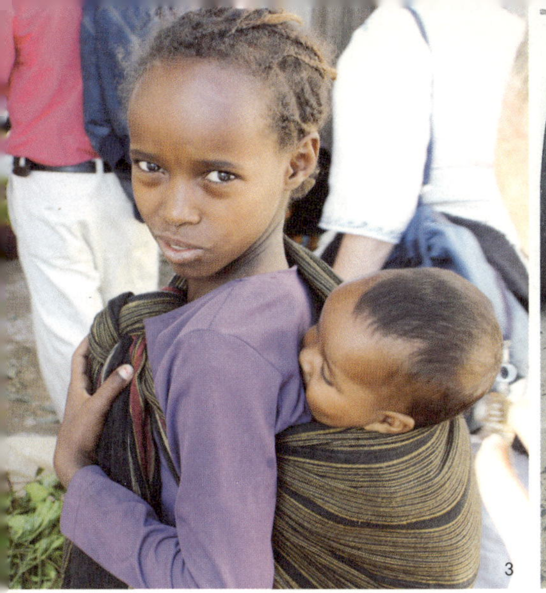

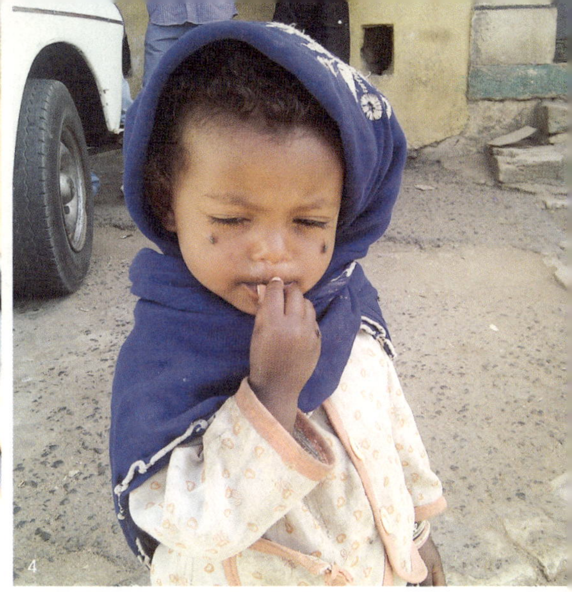

고 누나의 등에 업혀 있는 갓난이기까지, 그렇게 세 명의 천진난만해 보이는 얼굴을 보고 있자니 한창 귀여움 받으며 클 나이인데, 남매가 나와 거리에서 구걸하는 모습에 가슴 한편이 먹먹해져 왔다. 돈을 주기는 뭐하고 마침 바로 옆에 빵 가게가 있어 빵과 음료수를 사 들고 거리에 앉았다.

큰 아이에게 빵 하나 그리고 남자아이에게 하나를 주니 허겁지겁 먹는다. 어린아이들이 얼마나 배가 고팠으면 자기 얼굴보다 큰 빵을 거의 한입에 물어뜯는 것을 보자니 이 아이들이 너무 안쓰럽고 가여웠다. 어머니는 어디 게시니? 오늘 저녁은 어디서 자니? 이런저런 것들을 물어봤지만 아이들은 대답이 없었다. 정규 교육을 받지 않아 암하릭을 할 줄 모르는 것 같았다.

우리 집으로 데려가야겠다는 생각이 들었다. 마침 한국에서 가족들이 아이들을 도와주라고 보내 준 옷도 있었고 간이침대도

3. 이 아이는 아니었지만, 부모님을 대신해 동생을 업어 키우는 아이가 많다.

4. 이런 조그만 아이도 따라오며 돈을 달라고 얘기한다. 이 아이에게도 빵 하나를 사 줬는데, 빵이 아니라 돈을 달라고 하는 것을 보면 아마도 어른들이 시켜서 길거리에 나온 것 같았다.

있으니 오늘 밤은 우리 집에서 자고 내일 아침 가족을 찾아보는 것이 좋겠다 싶었다. 오지랖 같았지만 그때 그 아이들을 보고 있자니 그냥 지나칠 수는 없었다. 그런데 빵을 다 먹은 아이들이 자리에서 일어나더니 휙 하고 가 버린다. 어디 가니 불러 봤지만 뒤도 안 돌아보고 가는 아이들에 나도 가던 길을 가려 했는데, 그래도 그 세 남매가 안쓰러워 아이들 뒤를 따라가 보기로 했다. 백여 미터 걸었을까? 저 멀리서 나무 뒤에 숨어 있는 사람이 나오고 아이들 손을 잡고 가는 것이다. 아마도 그 아이들의 엄마였으리라. 엄마는 멀찌감치 나무 뒤에 숨어 있고, 아이들을 구걸시킨 것이다.

빵을 먹고 매정하게 일어나 버린 아이들이나, 멀리서 숨어 있던 어머니를 보고 '속았구나!'라는 생각보다는 그 어머니의 마음이 어땠을까 하는 생각이 들었다. 자신은 굶더라도 아이들은 구걸시켜서라도 먹이겠다는 마음, 나를 따라오기 위해 딸이 헐떡헐떡 뛰는 모습을 보며 넘어지지 않을까 얼마나 마음 졸였을까? 내가 오기 전까지 사람들에게 퇴짜를 맞는 모습을 보는 그 마음 어땠을까?

그렇게 네 명이 손을 꼭 잡고 걸어가는 모습을 뒤에서 보고 있자니 여기서 내가 할 수 있는 일은 그들에게 빵 한 조각 사 주는 일밖에 없는 것을 알았을 때, 에티오피아에서 그 어느 때보다 가슴이 아팠다.

도움의 손길

봉사단이 있는 다른 개발도상국들도 마찬가지겠지만, 에티오피아에 있다 보면 현지인들이 이런저런 도움을 청하는 일이 많다. 대학에 공부하러 가는데 장학금을 알아봐 줄 수 없겠느냐, 부인이 출산하는 데 병원비가 모자라니 조금만 보태 주어라 등 크고 작은 부탁들을 들으면 각각의 안타까운 사연들 때문에 힘이 닿는 대로 도와주곤 했었다. 대학 장학금을 알아봐 준 적도 있었고, 취직 때문에 걱정이 많은 친구를 위해 한국인이 진행하는 원조사업 사무소에 부탁해서 그곳에 취직시켜 주기도 했다.

그중에 정말 안타까운 부탁이었는데 어려운 부탁이라 들어주지 못한 적이 있었다. 같은 지역에 있는 동료 단원이 하루는 무척 낙심한 표정으로 있기에 왜 그러는지 물어봤더니 같은 학교에서 일하는 사람의 사연이 너무 딱한데 도와줄 방법이 없어 안타깝다는 것이었다. 사연은 이랬다.

학교에서 행정원으로 일하고 있는 그 사람은 자식이 둘이 있는데, 한 명은 전남편과의 자식이고 한 명은 지금 남편과의 자식이었다. 지금의 남편은 처음에는 성실히 일하다가 어느 날부터 쨔트에 중독되어 일을 하지 않는다고 했다. 네 명의 가족이 자신이 벌어 오는 5만 원가량 되는 월급에만 의존하고 있어 집안 형편이 매우 어려워졌다는 것이다. 쨔트는 하라르 지역에서 많이 하는 환각을 일으키는 풀로 중독성은 강하지 않으나 문제는 이 쨔트를 하느라 하루 대부분을 보내기 때문에 경제 활동을 하지 않게 되는 것이다.

이 풀에 중독된 몇몇 사람들은 폭력성을 보이기도 하는데 그 비서의 남편도 폭력적으로 변해 자신과 자식을 때리는 일이 다반사가 되었다고 한다. 더욱이 남편과 자신이 HIV에도 감염되어 약값으로 지출이 커져 생활이 더욱 어려워지고 있었다. 비서는 울면서 자신의 아이를 어디로 입양시켜 행복하게 살게 해 줬으면 하는 부탁을 했다. 드라마 같은 이야기였다. 믿기지 않는 이야기였지만, 하라르에서는 충분히 있을 수 있는 일이었다.

그 이야기를 들은 후에 여러 곳에 아이를 입양 보낼 수 있는지를 알아보고 다녔다. 한국 NGO 에티오피아 지부에 전화도 걸어 봤고, 하라르의 아동 보호시설에도 문의해 봤지만, 부모가 살아 있는 한 입양이나 보호는 어렵다는 대답만 돌아왔다. 한국으로 입양을 보낼 수 있을까 해 입양 기관에 메일도 보내고 했지만 대답이 없었다. 아마도 이런 딱한 사연들이 한둘이 아니었기 때문이 아닐까 싶다.

　입양 기관들을 찾아보면서 그 비서의 말대로 아이를 입양 보내는 것이 맞는 일인지, 나중에 그 아이가 커서 나를 원망하게 되지는 않을지 이런저런 생각이 많이 들었지만, 결국에는 입양 기관을 찾지 못했다. 소설 같은 일이지만 우리가 도움을 줄 수 있는 것이 없으니 안타까워할 수밖에 다른 일이 없었다. 2년이 지난 지금 그 비서와 자식들은 어떻게 지내고 있을까? 행복한 가정을 꾸리고 있었으면 좋겠다는 작은 바람을 가져 본다.

하라르에 들어서는 길, 들어서자마자 모스크가 보인다.

한국 알리기

내 노트북에는 항상 우리나라를 알릴 수 있는 자료들이 잔뜩 들어 있었다. 느려터진 인터넷으로 한국의 역사, 경제, 문화에 대해 소개할 수 있는 자료들을 다운로드 받아 수업시간 짬짬이, 내 사무실에 찾아오는 손님들에게 보여 주었는데, 같이 일하거나 내 수업을 듣고 있지만 우리나라에 대해서는 모르는 경우가 많아 이런 동영상들을 보여 주면 놀라기도 하고 우리나라를 더 알고 싶다는 이야기를 하기도 한다.

10여 년 동안 지속적으로 봉사단을 파견했던 에티오피아 다른 지역과는 다르게 하라르에는 4명이 처음 파견되었기 때문에 봉사단이 일하고 있는 파견 기관이나, 관계 기관에서 우리가 왜 와 있는지 또는 어떻게 와 있는지 모르는 경우가 허다했다. 심지어는 KOICA에 봉사단을 신청한 내가 파견된 대학에서도 내가 왜 왔는지 몰랐다. 처음에는 봉사단이라고 설명을 해 줘도 무슨 회사에서 왔는지 또는 어디 도로를 공사하러 왔는지(에티오피아 대부분의 도로는 중국인이 건설했다) 묻는 것이 대부분이었다.

이렇게는 안 되겠다 싶었다. 우리가 어떤 일을 할 수 있는지는 차차 보여 주면 되었지만, 도로 공사하러 온 중국인들은 아니라는 것을 알려 주어야 했다. 결국엔 같은 기관에 파견된 동료 단원과 함께 한국을 알릴 수 있는 컨퍼런스를 열기로 했다. 한국도 알리고 KOICA가 에티오피아에서 하고 있는 일들과 원조를 받던 국가에서 주요 원조국으로 성장한 우리 역사도 소개하기로 했다. 컨퍼런스는 하라르의 주 정부 기관 사람들을 모아 놓고 진행하기로 하였다. 주 정부에서도 하라르를 소개하고 우리에게 바라는 것을 얘기하면 좋겠다고 생각했다.

우여곡절 끝에 하라르의 주요 정부 기관장들을 초청했다. 무례할 수 있지만 무작정 찾아가 이런 컨퍼런스를 하니 와 줄 수 있겠느냐고 한 곳 한 곳 묻고 다녔다. 하라르 교육청이나 대학교육 담당기관 같은 곳에서는 우리를 반갑게 맞이했지만 주 정부에서는 왜 왔냐며 꼬치꼬치 캐묻고 들여보내 주지도 않으려는 것을 겨우겨우 설득해 비서관을 만나 이야기를 나눈 적도 있었다. KOICA 에티오피아 사무소에서도 하라르에 방문해 KOICA가 에티오피아에서 진행하고 있는 사업들에 대해 설명해 주기로 했다.

컨퍼런스 일정을 잡고 초대장을 돌리고 발표 자료를 검토하는

 내 이름은 테스파

동안 무산될 뻔한 적이 한두 번이 아니었다. 그 고비를 넘길 때마다 이제는 제대로 되겠지, 이제는 문제없겠지 했지만 계속 그런 일들이 벌어지다 보니 기운이 빠지고 처음의 의욕은 간데없이 사라지고 왜 이런 고생을 사서 하는지 회의감도 들었다. 하라르 주 정부에서는 하루 전날까지도 발표 자료를 넘겨주지 않았고, 다른 기관에서 받은 발표 자료는 컨퍼런스 주제를 잘못 이해해 실망스러운 수준이었다. 프레젠테이션 몇 장에 걸쳐 KOICA에 컴퓨터 몇 대, 팩시밀리 몇 대, 자동차 몇 대를 요구한다는 것만 써 놓은 것이다. 발표 방향에 대해 다시 얘기해 주고 안 되는 부분에 대해서는 우리가 직접 수정하기도 했다. 컨퍼런스 장소로 예약해 놓은 호텔에서는 이틀 전에 어떤 NGO가 예약을 했다며 우리 예약을 엎어 버리기도 했다. 다른 호텔에서는 프레젠테이션 발표를 위한 기자재가 갖추어져 있지 않아 강단, 프로젝터, 스크린 같은 것들을 직접 공수해 오기도 했다. 특히 강당은 대학에서 직접 옮겨 오느라 끙끙 대기도 했다. 기획했던 점심 식사는 예산의 문제로 무산되어 버렸고, 휴식시간 커피와 다과도 우리 돈으로 겨우 충당했다. 컨퍼런스 당일에도 주 정부 관계 기관 사람들이 30분을 늦어 버리는 일도 있었다.

　결국에는 KOICA 에티오피아 사무소 소장과 관리요원, 하라르 주 정부 수석비서관, 하라르 교육청장, 대학교육 담당 기관장, 우리 상공회의소 같은 대학교육 자격증 발급기관, 직업전문대학 총장, 필리핀에서 파견한 직업교육 전문가, 직업전문대학 보직

교수가 나와 컨퍼런스를 진행했다. 3시간여 동안 진행된 컨퍼런스는 그럭저럭 만족할 만한 수준이었고 특히 동료 단원과 진행한 한국 소개 자료는 컨퍼런스가 끝난 뒤에도 많은 질문을 받았다.

이들이 가장 관심 있었던 것은 50여 년 만에 경제 강국으로 성장할 수 있는 원동력이었다. 우리 발표 자료에는 에티오피아보다 더 가난했던 나라가 이제는 경제 강국으로 선박, 전자기기 등 고부가가치 산업이 세계적인 수준으로 성장했다는 것과 한국전쟁 때 도움을 주었던 에티오피아에게 이제는 우리가 그 도움을 갚기 위해 왔다는 것을 강조했다. 그 원동력이 무엇인지 묻는 사람들에게 새마을운동을 예를 들어 우리나라 사람들의 근면함을 강조했다. 물론 우리나라의 경제 발전의 이유에는 다른 여러 이유가 있겠지만 에티오피아 사람들에게 근면하게 작은 일부터 해 나간다면 한국의 경제성장이 에티오피아에서도 가능하다는 것을 말해 주고 싶었다.

봉사단 두 명이 작게 기획한 컨퍼런스였지만, 한국을 알리는 효과는 컸다. 주 정부와 관계 정부 기관 사람들이 우리에게 많은 관심을 가지고 지켜봤고 2년 동안 많은 도움도 받았다. 일을 진행하다가 어려운 일이 있으면 그때 컨퍼런스에 참석했던 주 정부 기관 사람들에게 도움을 요청했고 한 번도 빠짐없이 친절히 도와주었다. 한번은 안전상의 이유로 봉사단 전체가 하라르에서 1주일 정도 철수한 적이 있었는데, 하라르 주지사는 직접 주 에티오피아 한국대사관에 전화를 걸어 안전을 확보해 줄 테니 다시 파견하라는 이야기를 했다고 한다.

그 후에도 크고 작은 컨퍼런스를 여러 번 열었다. 기관 강사들에게는 한국을 소개하는 것과 동시에 우리가 할 수 있는 일들을 먼저 이야기해 줌으로써, 필요할 때는 우리에게 도움을 요청하라고 이야기했다. 기관의 인터넷이 문제를 일으키면 나에게 찾아와 고쳐 달라고 이야기하고, 컴퓨터 수리, 이메일, 바이러스 같은 일은 항상 나에게 제일 먼저 찾아왔다. 학생들에게는 한국 가수들을 보여 주었는데, 학생들이 좋아할 만한 한국 문화들을 보여 주고 그 학생들이 한국 문화를 좋아하게 되면 공통점이 생겨 친해지는 계기가 되었다. 그 뒤에 나를 모르던 학생들이 사무실에 찾아와 한국에 대해 더 알고 싶다고 하여 한 달여간 한국어를 가르쳐 준 적도 있었다. 강남스타일이 유행했을 때는 학생들이 먼저 〈강남 스타일〉을 보여 달라고 얘기하기도 했다.

봉사단으로서 이들에게 도움을 주는 일도 중요하지만 우리를 소개하는 일도 그 못지않게 중요했던 것 같다. 특히 우리를 중국인 건설노동자로 알고만 있었던 사람들이 도움을 되갚으러 온 사람들이라는 생각해 줄 때 그리고 한국이 어떤 나라인지 알고 싶어 할 때, 활동도 더 재미있고 보람을 느꼈다.

매일 집에
찾아오는 아이, 요셉

주말 아침엔 늦잠도 자고 싶고, 집에 혼자 조용히 있으면서 시달리지 않았으면 하는 바람은 누구나 있을 것이다. 그런데 에티오피아에 살다 보면 그마저도 쉽지가 않다. 주말 아침 8시만 되면 어김없이 내 집 문을 두들기는 학생이 있었다.

그 학생은 15살 요셉이었다. 내가 집을 알려 준 것도 아니고 찾아오라고 얘기한 적도 없는데 어디서 내가 사는 집을 알아 와 찾아온 것이다. 그도 그럴 것이 작은 시골 도시에 외국인이라곤 10명 정도밖에 안 되니 내가 사는 집은 물어보면 쉽게 알 수 있었다. 요셉이랑은 모르는 사이는 아니었는데, 하라르에서 40분 정도 떨어진 디레다와에 시니어 봉사단원으로 어르신이 계실 때 그 어르신께서 자식처럼 아끼며 가르치던 아이였다. 나도 몇 번 어르신을 찾아뵈었을 때 본 아이였다. 어르신께서 한국으로 돌아가실 때 하라르에 있는 나를 찾아 공부를 하라고 요셉에게 일 러두었고 그렇게 해서 요셉이 날 찾아온 것이다.

주말 아침부터 찾아오는 것이 귀찮기는 했지만, 공부하려고 찾아온 아이를 돌려보내는 것도 아닌 것 같아 그때부터 공부를 가르치기 시작했다. 처음에는 요셉의 방학 기간 학교의 과학 숙제로 모형 비행기를 함께 만들었다. 한국에서처럼 재료를 구하기는 쉽지 않았지만 주위에 대나무를 구해 뼈대를 만들고 얇은 종이를 붙여 얼추 날 수 있는 비행기를 만들었다. 나중에 방학이 끝나고 요셉이 학교에 제출했더니 가장 멋진 방학 숙제였다고 한다. 수학도 가르쳐 줬는데, 15살 학생이 구구단도 못 외우는 것이 말 그대로 충격이었다. 요셉이 구구단을 왜 외우느냐며 나한테 오히려 되물어 봤는데 도대체 왜 외우는지 이해가 안 되는 모양이었다. 다 외우면 내가 점심을 사 주겠다며 하니 그제야 달달 외우기 시작했다. 그렇게 수학도 가르치고 생물이나 물리 같은 것도 가르치고 나니 요셉의 방학이 끝났다.

방학이 끝났으니 토요일에는 학교를 가야 돼서 우리 집에는 못 오겠지 싶었다. 학생을 가르치는 것이 재미있었지만, 그래도 주말인데 조용히 혼자 쉬고 싶은 마음이 있었다. 그런데 토요일 아침에 또 찾아오는 것이 아닌가? 학교는 왜 안 갔느냐고 물으니 요셉은 토요일에는 수업이 없다는 거짓말을 하기에 다그치니 결국엔 실토했다. 가정 형편 때문에 야간 학교를 다니고 있고, 야간 학교는 토요일에 수업이 없다는 것이다.

에티오피아의 야간 학교는 저녁 여섯 시부터 두 시간 남짓 수업하는 것이 전부라 학교에서 배우는 것이 정규 수업과는 천지 차이였다. 정규 수업을 받는 학생들도 학업 성취도가 낮은데, 야간 학교에서 배우는 학생들의 학업 성취도는 안 봐도 뻔했다. 왜 네 나이 또래들과 함께 정규 수업에 가지 않느냐고 혼쭐을 냈다. 요셉을 혼내고 있었는데, 요셉이 눈물을 그렁그렁 보이면서 말하길 낮에는 일을 해야 한다고 하는 것이다. 아버지 없이 어머니와 살고 있고 누나가 있는데 생활비를 벌 생각을 안 한다는 것이다. 그래서 자기가 저녁에 학교에 가고 낮에는 거리에서 잡일을 한다는 것이다. 여기서 잡일이라면 짐 나르는 것이나 청소 같은 것들이었는데 그렇게 오전 오후 내내 일해 봤자 하루에 우리 돈 2천 원을 벌기가 힘들다.

글썽이는 요셉을 보니 마음이 안 좋았다. 돈 걱정 없이 부모님 밑에서 편하게 학교생활을 마친 나 자신이 부끄러워지기도 했고 어려운 형편 때문에 너무 일찍 철이 들어 버린 요셉을 보니 안타깝기도 했다. 그래서 정규 학교로 옮기면 학비를 내 주겠다고 했다. 지금 다니고 있는 야간 학교의 학비를 내 주는 것도 좋겠지만 요셉의 미래를 위해서는 조금 힘들더라도 정규 수업으로 옮겨 제대로 배우는 것이 낫다고 생각했다. 그런데 야간 학교에서 정규 학교로 옮기는 것도 쉽지가 않아 그 학년이 끝나야만 옮길 수가 있어 내가 한국으로 돌아오기 전까지 요셉이 정규 수업을 듣는 것을 보지 못했다.

안타까운 일이었지만, 그 뒤에도 요셉이 낮에 학교에 가지 않고 일을 하는 것을 봐 와서 내 사무실에 불러 공부도 시키고 잡일이 있으면 용돈도 주면서 일을 시키곤 했다. 어린 학생에게 용돈을 주며 잡일을 시키는 것이 마음에 걸렸지만, 그 용돈이 가족에게 조금이라도 도움이 되고, 요셉도 길거리에서 궂은일을 하는 것 보다는 나을 것 같았다.

정이 많이 들었는데, 요셉은 정규 수업으로 옮겼을지, 또 집안 형편은 좀 나아졌을지… 요셉이 힘들겠지만 참고 열심히 공부하다 보면 언젠가 변호사나 의사같이 멋진 직업을 가진 사람이 되어 있을 테니 힘내라고 응원해 줬었는데, 그 응원이 요셉에게 정말 힘을 주어 큰 사람이 되었으면 좋겠다.

Chapter 5

에티오피아를
생각하며

비오는 날의 하라르

여행보다 값진 교훈

정신없이 바쁜 것은 아니었다. 그렇다고 긴 휴가를 떠날 만큼 한가하지도 않았다. 사실 한가하지 않은 것도 그렇지만, 이미 집에서 지구 반 바퀴나 떨어져 여행 중인 것과 마찬가지인데, 굳이 시간과 돈을 들여 여행을 떠나고 싶지 않았기도 했다. 그러다 짬이 생겼다. 수도 아디스 아바바에서 KOICA 단원 집합 교육이 끝나고 동료 단원들과 조금 먼 길을 나서 보기로 했다.

목적지는 '딜라'였다. 아디스 아바바에서 남쪽으로 350km 정도 떨어진 곳, 케냐로 향하는 국도에 걸쳐 있는 도시이다. 우리에게는 에티오피아 커피로 유명한 이르가체프 지역으로 향하는 관문이기도 한 곳이다. 악숨이나 곤다르 바흐다르와 같은 여느 다른 도시와 달리 딜라는 관광 도시는 아니다. 내가 딜라까지 찾아간 이유는 그곳에서 학교를 운영하시는 선교사님을 뵙기 위해서

이다. 기독교 신자는 아니지만 에티오피아 곳곳에서 열심히 일하시는 한국인을 뵙고 배우고 싶었다.

딜라로 가는 길은 험했다. 에티오피아 여느 곳이 그렇듯 믿기 힘들 정도로 오래된 봉고차에 몸을 실었다. 한 봉고차에 사람 20명과 염소나 닭 같은 가축들과 껴 타면 멀미를 하지 않던 나도 그 탁한 공기에 금방 어질어질해진다. 동부 쪽 길은 비교적 잘 포장되어 있지만 케냐 국경으로 향하는 남부 쪽 길은 케냐와 맞닿아 갈수록 점점 상황이 안 좋아졌다. 웅덩이가 있는데도 불구하고 속도를 줄이지 않은 운전사 때문에 봉고차 지붕에 머리를 박으며 가고, 건널목이 없어 갑자기 이곳저곳에서 튀어나오는 사람들 때문에 급정거하는 것을 8시간 정도 참아 내니 딜라에 도착했다.

가는 길 양옆으로 펼쳐진 광경은 아프리카 모습을 그대로 담고 있었다. 도시에서 봐 왔던 이삼 층짜리 건물이 아닌 에티오피아 전통 가옥들이 보이고, 소와 염소들을 끌고 가는 여인들의 모습도 심심치 않게 보였다. 해발 2천여 미터에 위치한 수도와 동부도시와 다르게 1천여 미터 정도까지 내려가는 동안 강수량도 많아져 하라르에서는 잘 볼 수 없는 큰 나무들과 잔디들도 눈에 띄었다.

딜라에 내리자 어색함이 우리를 감쌌다. 낯선 도시에서 어떻게 해야 할지 어디를 가야 할지 모르는 어색함이 아니라, 그 사람들의 눈빛이 무서웠다. 남부로 내려갈수록 외국인이 적었기에 아무래도 외국인을 보는 눈빛이 우리가 살고 있는 도시와는 달랐다. 그 흔한 '짜이나' 소리도 별로 듣지 못했다. 어색하게 쭈뼛쭈뼛 서 있는 동안 선교사님께서 오셨다.

처음 본 우리를 반갑게 맞아 주신 선교사님께서는 저녁을 준비해 주셨는데, 얼마 없는 한국 식재료를 아낌없이 내어 주시며 지난날 이야기를 해 주셨다. 20여 년 전 처음 에티오피아에 오셨을 때는 물도 전기도 없는 곳에 자리를 잡으셨다고 한다. 물도 전기도 없는 곳에서 이런저런 구호활동을 펼치시다 딜라로 오셔서 직접 학교를 세우셨다고 한다. 몇 년을 물도 전기도 없는 곳에서 사셨던 선교사님 부부께 나는 4주 동안만 물이 안 나와도 미쳐버릴 것 같은데 그런 생활을 어떻게 견디셨냐고 묻자 뜻밖에 대답이 돌아왔다. 지금도 그렇지만 그때를 생각하면 고생은 했지만 행복하셨다는 것이다. 선교사님 부부의 아드님이 옆집 아이와 친하게 지낸 이야기 같은 소소한 이야기들을 듣고 있자니 물과 전기가 없는 곳에서 분명히 엄청난 고생을 하셨겠지만 지나서는 고생스러웠던 기억은 잊으시고 행복한 기억만 간직하고 계신 것 같았다.

딜라에 오신 후에는 학교를 세우고 직접 아이들을 교육하시고 계셨다. 다음 날 안 사실이지만, 첫날 도착해 선교사님을 기다리고 있을 동안 평소에 듣던 짜이나 짜이나가 아닌 '한별' 이란 말을 들었는데, 알고 보니 선교사님 부부가 운영하시는 그 학교 이름이 한별 학교였다. 그만큼 딜라에서는 길거리에 지나다니는 현

1. 한별 학교 컴퓨터실
2. 한별 학교 전경

지인들도 한별 학교를 알고 있고 그 학교가 한국인이 운영한다는 사실을 알고 있을 만큼 유명한 학교였다. 그도 그럴 것이 현지 초등학교에서는 쉽게 배울 수 없는 컴퓨터와 음악 미술 교육도 하고 있고, 현지인 선생님들도 잘 교육받아 이 학교의 교육의 질이 높기 때문이다.

하지만 어려움도 많으셨던 것 같았다. 처음에 에티오피아 정부에서 학교 부지를 주었는데, 부지가 건물을 세울 수 없는 진흙탕이어서 직접 그 진흙을 메우신 것이나, 현지인 선생들의 한국 방식의 학교 운영에 대한 반발 때문에도 어려운 시간을 보내셨다고 한다. 또 몰지각한 학부모들은 학생들의 잘못임에도 학교를 찾아와 선교사님에게 따져 묻는 경우도 많았다고 한다. 힘든 시간이 지나고 지금은 학교가 어느 정도 정착되어 간다는 말에 조금은 안심이 되었다. 선교사님은 지금은 초등학교밖에 없지만

3. 새로 공사 중인 교실
4. 선교사님이 컴퓨터에
문제가 있다고 하셔서
바로잡는 준

초등학생들이 졸업할 때쯤에는 그 상급 학교도 만드실 생각이라
고 말씀하시는 것을 보고 2년도 힘들다고 투정부리던 내가 한편
으로는 부끄러워지고 선교사님들이 존경스럽기도 했다.

다음 날 아침 직접 찾아간 학교에는 주말이라 학생들은 없었
지만, 교사 신축 공사가 한창이었다. 주말이 아니라 주중에 찾아
왔으면 학생들과 이야기도 나누고 컴퓨터 교육 같은 것을 돕고
싶었지만 방학기간이어서 안타깝지만 그러지는 못했다. 다음에
는 일주일이건 이 주일이건 휴가를 내어 다시 찾아뵙고 필요한
것이 있으면 조금이라도 도움 드리겠다고 약속했지만, 그 약속
은 아쉽게도 지키지 못했다.

여행지가 아닌 곳에 여행을 다녀왔다. 하지만 보고 느낀 것은
그 어느 여행지를 다녀온 것보다 큰 것 같다. 크고 작은 어려움을
차근차근 이겨 내시고 20여 년 동안 에티오피아의 가난하고 배

우지 못한 사람들을 위해 일하시는 모습은 그 어느 대단한 여행지보다 멋있는 모습이고 그 모습은 거대하고 찬란한 문화유산을 봤을 때 느낄 수 있는 벅찬 감동 같은 것이었다.

에티오피아, 불편한 진실

얼마 전에 UN에서 발표한 자료를 우연히 접할 기회가 있었다. UN의 인간개발지수(Human Development Index) 발표에 따르면 에티오피아는 187개국 중 174위, 이 지수는 교육, 의료, 수입 등을 종합적으로 판단한 지수이다. 종합지수도 물론이거니와 개별지수 역시 눈 뜨고 볼 수 없을 정도로 참담하고 비참하다. 기억나는 수치만 나열해도 이렇다.

- 성인 문맹률 **80.2%**
- 평균 교육 기간 **1.5년**
- 청소년 임신률 **72.4%**
- 학교 등록률 **55.2%**
- 하루 PPP기준 1.5 USD 미만 생활자 **71%**

이런 수치들을 접했을 때 문득 '이 나라 사람들은 알까?'라는 생각이 들었다.

'과연 이 나라 사람들은 이 참담한 수치들을 알고 있을까? 내가 말해 주자. 용기를 가지고 말해 주자. 에티오피아는 지금 이 정도이고 관심이 있어야 한다는 것을 얘기해 주자!'

학교 선생들을 대상으로 하고 있던 강의에서 조금 시간을 내어 이 수치들을 얘기해 주었다.

발표 자료가 첫 장이 넘어가기 무섭게 듣고 있던 선생들이 난리가 났다. 190개국 중 명목 GDP 184위란 사실을 얘기하는 순간, 그다음 말을 내뱉을 수가 없었다. 처음 자료를 준비하면서 나는 "그게 사실이냐?" "왜 우리는 모르고 있는 것인가?" "이런 수치가 나온 이유가 무엇인가?" 등의 질문을 할 것이라고 생각했다. 예상과는 전혀 달랐다. 대학 교육을 받은, 그나마 에티오피아에서도 지식인층이라고 생각되는 강사들의 반응은 이랬다. "말도 안 되는 소리 말아라!" 콧방귀를 끼는 선생들도 있었고, 인상을 찌푸리며 뒤돌아 앉아 버린 선생도 있었다. 내 주위에는 모두 글자를 알고, 내 주위 아이들은 모두 학교에 다니고 있으니 이 수치는 거짓이라고 반박하는 선생도 있었다. 에티오피아 정부의 수치는 이것보다 훨씬 좋을 것이며, 이 수치는 잘못 조사된 것이라고 이야기하는 선생도 있었다. 본격적으로 얘기하기도 전에 난 말도 안 되는 얘기를 하는 약장수가 되어 버렸다.

알고 있지 못하리라는 것은 예상하고 있었지만, 놀랐던 것은 이들이 이런 사실들에 대해 알고 싶어하지 않는다는 것이었다. 외국인에게 자신들의 치부를 드러냈다는 자존심의 문제는 아니었던 것 같다. 다만 정부의 낙관적인 전망과 미디어에서 내보내는 포장된 현실을 더 믿고 싶어 하는 것 같았다. 에티오피아 정부 수치는 이와는 다를 것이며, 자신의 주위에는 이런 사람들이 없다고 주장하니 말이다. 물론 외국인의 시선이고, 나 역시 UN의 자료가 100% 맞다고 생각하지는 않지만, 어느 정도 일리는 있다고 생각한다. 내가 보아 왔던 에티오피아는 도시를 벗어나면 아직도 전기와 물이 없고 학교에 다니지 않는 학생들이 많았다. 또 시장에 가면 시골에서 물건을 팔러 올라온 열여섯 열일곱의 청소년들이 갓난아이를 품에 안고 있는 모습을 보아 왔다. 강사들도 모르지는 않았을 것이다. 정부의 낙관적인 발표를 더 믿고 싶어 하고, 실제의 모습은 알지만 모르는 척하고 싶어 하는 것 같다. 단순히 그 강의에서만 느낀 것이 아니라 친구들과 이야기하고 사람을 만날 때도 똑같이 느꼈다.

난 이들이 현실을 직시해야만 한다고 생각한다. 현실을 일깨워 계몽시켜야 한다는 식민사관적 논리가 아닌, 이들에게 현실을 보여 주고 어떻게 하면 더 살기 좋은 곳으로 만들지 같이 고민할 수 있도록 해야 한다고 생각한다. 수많은 사람이 자원봉사나 원조사업으로 이들을 돕고 있지만, 우리가 떠나면 결국 그다음은 이들이 이어 나가야 한다. 또한 자신의 나라의 문제는 그 누구보다 그 나라 국민들이 알고 그들의 힘으로 해결한다면 수천수만의 봉사자들의 도움이나 수백 수조의 개발협력 프로젝트보다 효과적이고 효율적일 것이다.

목욕하는 아이들, 흙탕물이지만 표정은 밝아 보인다.

대망의 아프리카, 변화의 중심에서

검은 대륙 아프리카, 에티오피아의 경제 수치를 보면 참담한 수준이다. 그리고 이 수치들은 우리가 흔히 떠올리는 아프리카의 모습일 것이다. 가난과 내전으로 서구열강의 식민지를 벗어난 지 백여 년이 지났음에도 발전하지 못하는 아프리카의 모습 말이다.

하지만 그 수치를 자세히 살펴보면, 발전하는 모습이 눈에 띄게 보여, 앞으로는 검은 대륙 아프리카라고 부르기보다는 '대망의 아프리카'라고 부르는 것이 더 어울릴 것 같다. 그 아프리카에서도 에티오피아는 빠르게 성장하고 있는 곳이다. UN의 수치를 보면 10년 만에 에티오피아의 GDP는 331%가 증가했고, 매년 경제성장률도 약 10%에 달한다. 세계은행의 자료에서 1995년 에티오피아의 빈곤선 이하 인구 비율이 45.5%이나 2011년에는

29.6%로 반 정도가 줄었다. 49살에 불과하던 1995년의 기대수
명은 2011년 10년이 늘어난 59살이 된다. 전화 가입자는 2000년
0.4명에서 2010년 20배가량이 늘어나 9.4명이 되었다.

에티오피아는 변화하고 있다. 아디스 아바바는 새로운 꽃이
라는 이름에 걸맞게 새 건물이 빠르게 올라가고 있고 도로는 공
사 중이다. 최근에는 수도와 지부티에 있는 항구를 잇는 기찻길
공사를 시작했고, 수도 근교 도시 나자렛과 수도를 잇는 고속도
로 건설도 한창이다. 지방 중소도시에서도 더 이상 비포장도로
는 찾아보기 힘들다. 어마어마한 예산을 사회 기반 시설 투자에
쏟아붓고 있으니 에티오피아 전국은 공사 중이라고 해도 과언이
아닐 것이다. 정치 상황도 비교적 안정적이어서, 17년간 집권한
멜라스 제나위 전 총리의 갑작스러운 병사 이후에도 권력 승계
는 비교적 안정적으로 이루어졌다.

이런 빠른 발전이 지속해서 이루어질지는 앞으로 지켜봐야 하
겠지만, 빠른 발전의 뒤에는 무역수지 적자폭은 점점 더 커지고
있다. 2004년 1달러당 8비르에 그쳤던 환율은 2013년 18비르에
육박하고 있어 비르의 평가절하폭도 심각한 수준이다.

우연히 보게 된 《이코노미스트》지에서 아프리카의 경제개발
을 지속하기 위해서 경제를 개방하는 것이 답이라는 이야기를
읽은 적이 있다. 이미 아프리카 농업은 경쟁력을 가지고 있고, 외
국 직접 투자 자본이 많이 유입된 상황에서 경제 개방은 부패를
막고 가난을 없앨 수 있는 방법이라고 했다. 하지만 에티오피아

1, 2. 아디스 아바바는
공사 (사진 문상기)

에서도 적용될지는 모르겠다. 준비되지 않은 상태에서 경제 개방 정책을 편다면 국내 산업이 고사될지도 모르는 상황이고 또 수출의 대부분을 차지하는 커피가 아직도 영세하게 재배되고 있어 그 경쟁력이 얼마나 있는지도 의문이다. 이러한 상황에서 개방 정책이 얼마나 많은 이득을 가져다줄지도 모르는 일이다.

에티오피아는 선별적인 경제 개방 정책을 펴고 있다. 에티오피아 자국에서 생산해 수출을 원하는 기업들에 큰 혜택을 주고 있어, 삼성도 에티오피아 정부의 지원에 가전제품 조립 공장을 세우는 것을 논의하고 있다고 한다. 반대로 에티오피아 국내로 수입하고자 하는 기업들에는 통제가 철저하고 개발도 정부 주도 하에서 이루어지는 경우가 많다. 세계적인 대형 제조 기업이라

하더라도 본사의 공식 대리점은 에티오피아에서 찾아보기 힘들다. 또 전 세계 그 흔한 맥도날드도 볼 수 없고, 스타벅스도 에티오피아에서 커피를 재배해서 나가면서 커피숍은 볼 수 없는 것이 현실이다.

앞으로 에티오피아의 경제가 우리가 일구어 낸 한강의 기적처럼 새로운 기적을 만들어 낼지는 모르지만 변화하고 있는 아프리카의 중심에 있는 에티오피아가 지난 10여 년간 경제개발의 여세를 몰아 가난의 고리를 끊어내고 새로운 꽃이 되길 기대해 본다.

 내 이름은 테스파

가난하지만 행복한 사람들

어느 아침, KBS World에서 《걸어서 세계 속으로》가 나오고 있었다. 에티오피아 같은 제3세계를 소개하고 있었는데, 그 와중에 귀에 딱 꽂히는 말이 있었다.

"물질적으로 풍요롭지 않지만 행복한 사람들 나를 반성하게 한다."

출근을 하면서 생각하니 여러 책에서도 이런 구절을 봤던 것 같다. 개발도상국을 묘사할 때 쓰는 클리쉐(Cliché) 같은 문구였다는 것을 문득 깨달았다. 가난하지만, 행복한 사람들. 이 어찌 모순된 말인가? 가난하지만 걱정 없이 행복하단 말인가? 아니면 가난해서 가진 것이 없으니 지킬 것도 없어 행복하단 말인가? 아니면 마당에 누워 있는 강아지마냥 돈이며 출세며 걱정 없어 행복하단 말인가?

비록 2년이라는 짧은 시간이지만, 에티오피아에서 관찰한 가난은 절망적이다. 오죽하면 우스갯소리로 "신은 없는 것이 아닐까? 있다면 이곳을 이렇게 놔두겠느냐"라는 말도 가끔 했으니까 말이다.

예전 우리나라 전쟁 직후의 모습처럼 기아에 허덕여 절망적이라는 것이 아니다. 물론 가난이 너무 심각해 배고픔에 허덕이는 사람들이 아직도 많지만 중산층과 서민층이 우리의 생각대로 기아에 허덕일 정도로 가난하지는 않다. 하지만 에티오피아, 그중에도 하라르의 가난이 절망적인 이유는 그들이 굶주려서도 아니고 헐벗어서도 아닌 가난이 그들에게서 미래의 희망을 빼앗아 버렸기 때문이다.

이들은 가난하다. GDP가 400달러 남짓이니 하루에 2달러를 채 벌지 못하는 것이다. 물론 하라르는 도시이니 이보다는 좀 잘 살 것이라는 생각이 들긴 하지만, 그래도 하루에 5달러를 벌 수 없을 것이다. 5달러를 벌어 가족들을 먹여 살리려면 그 돈이 남을 리 만무하다. 어떤 이들은 에티오피아의 물가를 고려하면 5달러면 충분하지 않을까 생각하겠지만, 농산품을 제외한 물가는 그렇게 싸지 않은 편이고, 냉장고 같은 꼭 필요한 가전제품과 같은 일부 공산품들을 전량을 수입해야 하므로 우리나라보다 비싸다. 인플레이션도 엄청나서 심하면 연간 30%에 달하기도 한다.

그렇다고 이들이 가진 재산들을 가지고 은행에서 대출을 받을 수도 없다. 나라의 능력이 그런 시스템을 갖추기엔 아직 부족하기 때문이다. 안정적으로 돈을 벌 수 있는 일자리가 있는 것도 아니다. 안정적인 일자리는 둘째 치더라도 그렇게 일자리가 많은 것도 아니다. 결국 아무리 발버둥 쳐 봤자 이들은 하루에 가족과 밥을 먹으면 더 이상 돈이 없다. 그래서 자식들의 교육을 위해 돈을 저축해 놓을 수도 없다. 자기 계발을 위해 책을 살 돈은 더더욱 없다. 경조사나 보너스 같은 어쩌다 남는 돈이 생긴다면 저축해서 뭐 하겠는가? 저축해 봤자 얼마 되지 않는 돈이고 또 모이지도 않는 돈일 뿐이다. 그래서 지금 당장 쨔트(환각을 일으키는 풀, 마약류)를 사서 그 얄팍한 행복을 만끽하면 되는 것이다.

결국 이들에게 미래는 남의 일이 되는 것이다. 그래서 다른 선택지 없이 현재의 삶에 만족하며 살아야 하고 자식들도 그런 부모의 모습을 보며 자라니 똑같을 뿐이다. 미래를 생각해 본 적이 없으니 교육의 필요성도 못 느끼고 개인의 발전도 없다. 성취욕이나 새로운 것에 대한 흥미를 느낄 틈이 없는 것이다.

모든 것이 하루 벌어 하루 살기 바쁜 그놈에 가난 탓이라고 해도 어쩌면 일리가 있는 것 같다.

이들이 가난해서 행복하다고 또는 우리는 경쟁에 너무 쌓여 있어 이런 행복을 모른다고 하겠는가? 가난하지만 행복한 사람들을 보면서 우리는 경쟁에 둘러싸여 그런 행복들을 놓쳐 버리는 것을 안타까워할 것이 아니라, 미래를 꿈꾸고 희망을 이야기할 수 있다는 것에 감사해야 하지 않을까?

카메라를 보고 환하게 웃어 주는 아저씨.
드럼통을 나르는 고된 일을 하지만, 하루 일당은 몇 천 원 정도이다.

다름과 틀림에서
느낀 봉사의 방법

출발할 때나 떠나온 지금이나 사람 사는 곳은 지구 어디를 가더라도 비슷하다는 생각에는 변함이 없다. 하루 세 끼 밥을 먹는 것, 버스를 타면 정해진 돈을 내는 것, 시장에 가서 식재료를 사야 하는 것같이 어디 가나 사람 사는 모습은 비슷할 것이다. 그리고 실제로 봐 온 에티오피아 속 사람 사는 모습도 우리와 크게 다를 바가 없다. 하지만 이들의 생각은 우리와는 다르다.

'다르다'보다는 이들의 생각은 '틀렸다'가 더 맞을 것 같다. 이방인이 '너희 생각은 틀렸어'라고 말하는 것이 소위 선진국에서 온 자의 자만이고 우월 의식이라 생각할 수도 있다. 하지만 그런 우월 의식에 사로잡혀 나온 생각도 아니고, 이들의 행동이 단순히 우리와 달라서 고쳐야 한다는 생각도 아니다.

어느 날 학교를 돌아보다가 교실에 학생들이 멀뚱멀뚱 앉아만 있는 것을 보았다. 그래서 학생에게 선생님은 어디 가셨느냐고 물어보니 모른단다. 이미 1시간 동안 학생들은 선생을 마냥 기다리며 앉아만 있었던 것이다. 수업 시간에 오지 않은 선생이나, 선생님을 찾을 생각은 안 하고 멀뚱멀뚱 기다리고 있는 학생이나 답답하기 그지없었다.

나중에 알고 보니 그 강사는 다른 회의가 있었는데, 본업인 수업보다 회의가 더 중요하다고 생각하고 있었다. 심각한 문제나 촌각을 다투는 일을 논의한 것도 아니었다. 단순히 한 학생이 수업에 계속 빠지고 있고 그 학생을 어떻게 징계해야 할까에 대한 회의였다. 그런 회의에 참석하느라 1시간 동안 학생들을 기다리게 했고 학생들도 전혀 그런 일을 문제 삼지 않았다. 그런데도 학생이나 선생이나 아무도 잘못되었다는 생각을 하지 못한다.

내가 살았던 집 앞 거리는 꽤 가파른 언덕이었는데 포장이 되어 있지 않고 가로등이 없어 밤이면 돌부리에 넘어지기 십상이다. 하지만 이상한 것은 집집이 대문 앞에 전구가 있는데 아무도 켜지 않는다는 것이다. 넘어지는 것을 대수롭지 않게 생각해 전구를 켜지 않는다 치더라도, 하이에나가 나오는 길이어서 앞이 안 보이면 자칫 하이에나들에게 공격당할 수도 있었다. 그런데도 아무도 전구를 밝히지 않는다.

매일매일 마주치는 이런 일을 그냥 두고 보며, 에티오피아니까 어쩔 수 없지 하면 방관자가 되어 버리는 것이고, 그렇다고 직접 이야기하는 것은 선진국에서 온 자의 자만으로 보일지도 몰라 조심스러워진다. 그래서 이들을 물질적으로 도와주기에 앞서 내 작은 행동을 통해 내 생각을 보여 주는 것이 더 큰 도움이 되는 것이 아닐까 느낀다. 수십 억 원을 들여 건물을 짓는다 한들, 에티오피아인들의 생각이 먼저 변화하지 않는다면 무엇이 바뀌겠는가? 잘못된 생각을 바꾸려면 내가 먼저 행동으로 보여 주는 것이 효과적인 원조가 아닐까 생각한다.

제시간에 강의실에 나타나지 않는 선생들에게는 '한국에서 온 사람은 제시간에 수업이 있든 없던 학교에 와 있더라. 그래서 학생들에게 항상 도움이 되더라'는 것을 느끼게 해주고 싶었다. 그래서 강의 시간을 1분 단위로 지키고자 노력했고, 이른 아침 시간에 학교에 나가고 누구보다 늦게 퇴근했다. 또 집 앞에 전구는 더 밝은 것으로 직접 갈아 끼웠다. 날이 어두워지면 집 앞 불을 켜서 동네를 밝혔다. 2년이 지나니까 학생들이 내 수업을 좋아하기 시작했고 결국에는 ICT 학과의 강사들은 수업시간도 잘 지키게 되었다. 또 집 앞은 2년이 지나도 가로등이 설치되지 않았지만 가로등이 없어도 다른 집에서도 불을 켜서 밝아졌다.

보이지 않는 이런 노력들이 에티오피아 사람들에게 무언가 느끼게 해줬으면 좋겠다. 작은 움직임이 결국에는 이들의 생각을 바꾸고 더 나은 삶을 살게 해줄 수 있지 않을까? 그리고 우리가 먼저 솔선수범하여 현지인들에게 보여 주는 것이 우리가 해야 할 원조이고 봉사단으로써 이들에게 해 줄 수 있는 최선의 노력인 것 같다.

시장으로 낙타를 몰고 가는 청년 이렇게 낙타를 많이 가지고 있는 상인들은 매우 부자이다

현지인들이 생각하는 봉사자

나눔과 섬김. 세계의 오지에서 열심히 활동하는 많은 봉사자들이 생각하고 실천하고 있는 봉사의 가치일 것이다. 에티오피아 현지인들이 생각하는 봉사자는 이런 가치를 실현하기 위해서라기보다 다른 식으로 생각하는 사람들이 많고 그런 시선들 때문에 가끔씩 힘들고 지칠 때가 있다.

그중 하나는 봉사자를 돈으로 보는 경우이다. 에티오피아는 한국을 포함한 외국의 원조 단체가 너무 많은 도움을 주고 있어 봉사자라고 하면 일단 돈을 주러 오는 사람이라고 생각하는 경우가 많다. 사실 돈을 주러 오는 '사람'이라고 생각해 주면 다행일지도 모른다. 단순히 돈으로만 본다면 봉사자가 아무리 노력해도 그 관계는 쉽게 풀리지 않는다.

같은 지역에서 활동했던 동료 단원의 기관에서 그랬다. 기관에서는 동료 단원이 2년 동안 기술을 전수하고 현지인들과 섞여 활동하기보다는 단순히 실험실을 만들어 주고 가면 그만이라고 생각했다. 그래서 그런지 처음에는 기관에서 단원에게 매우 친절하게 대해 줬는데, 시간이 지나고 단원이 실험실을 지어 주는 데 부정적인 태도를 보이자 그때부터 관계가 확 틀어지기 시작했다. 기관장은 동료 단원의 활동을 끊임없이 방해하기 시작했다. 단원이 강사들과 수업을 하는 것을 탐탁지 않게 생각해 단원에게 수업을 받고 있는 강사들을 불러 꾸짖고, 단원이 쓰는 사무 공간을 빼앗으려 하기도 했다. 심지어는 단원이 학생들과 수업하고 싶다고 하자 단칼에 거절해 버리기도 했다. 그 관계를 해결해 보고자 했지만 결국엔 단원은 기관을 옮겨야 했다.

봉사자를 단순히 돈으로 보는 경우에 어떻게 대처해야 올바른 대처 방법인지 잘 모르겠지만, 그런 경우 역으로 잘 활용해 보는 것도 좋을 것 같다. '내가 열심히 활동할 수 있는 기반을 마련해 준다면 돈을 주겠다'라는 식의 협박 아닌 협박을 해서 열심히 활동할 수 있는 기반을 만들어 활동하다 보면 기관의 사람들도 봉사자에게 받을 것이 단순히 돈뿐만이 아니라 기술과 협력이라는 것을 알게 되지 않을까 싶다. 결국에 봉사자도 열심히 활동하다 보면 그 기관에 꼭 필요한 것이 보이게 될 것이고 KOICA의 현장지원사업이나 한국과의 연계로 지원할 수 있을 것이다. 하지만 봉사자 자신을 돈으로만 본다는 것에 실망하고 봉사의 의지를 잃어버리는 일이 많아 어떻게 해야 올바른 대처방법인지는 2

년이 지난 지금에도 잘 모르겠다.

두 번째는 현지인들의 시선이다. 개발도상국들의 사람들에게 '봉사'라는 개념이 없다. 받은 것을 돌려주기 위해, 특별한 경험을 위해, 사랑을 실천하기 위해. 우리가 생각하는 봉사의 이유는 다양하지만, 에티오피아 사람들에게 봉사는 단순히 '돈을 위해 또는 어떤 혜택을 위해'인 경우가 많다. 이런 경우에도 난처하기 짝이 없다. 결국 현지인들에게 나는 돈을 위해 일하러 온 사람이 되어 버리고, 그것도 엄청난 돈을 우리 정부가 아닌 에티오피아 정부가 주고 일을 시키는 것이라 생각하기 때문에 아무리 열심히 활동한다 하더라도 '그 돈을 받고 이것밖에 못해'라는 소리를 듣게 되어 있다.

내가 활동했던 직업전문대학에는 한국인 2명, 독일인 1명, 필리핀인 5명이 일했는데, 이 중에 우리와 독일 사람은 봉사자였고 필리핀 사람들은 정부 소속 직원이었다. 하루는 길을 지나가는데 기관 강사 한 명이 나에게 삿대질을 해 대면서 소리를 치는 것이다. "너는 왜 일을 안 하냐, 우리 돈을 받아 가면 일을 해야지" 식의 꾸짖음이었는데, 황당하고 어이가 없었다. 아침 8시에 출근해 5시까지 꼬박꼬박 시간 지켜 가며 출퇴근하고 수업과 현장 사업 진행으로 가끔은 주말에도 나와야 할 정도로 대학 총장보다 바쁘게 일하는데 그런 이야기를 듣고 나면 정말 '더러워서' 활동하기 싫어진다. 더군다나 그 강사는 일주일에 두세 번 정도만 출근하는 이른바 '날라리' 강사였다. 그 강사 자신이 잘 나오지 않으니 기관에서 내가 일하는 것을 못 봤을 것이다.

이럴 때도 참 난감하다. "내가 여러분들을 도우러 왔습니다"라고 말하고 다니기에는 가뜩이나 자존심 강한 현지인들을 긁는 것일 것이고 "나는 봉사자로 아무런 보수도 받지 않고 일합니다. 또는 내가 가지고 있는 것을 나누러 왔습니다"라고 말하기에는 현지인들이 전혀 이해하지 못한다. 결국, 귀 막고 입 막는 것이 최선의 답인 것 같다. 생각하고 싶은 대로 생각하게 놔두고 나는 열심히 활동하면 되는 것 같다.

이외에도 많은 일이 있었다. 봉사자라고 대우받아야 하는 것은 아니지만 현지인들의 시선 때문에 활동하기 싫어지거나 기운이 빠지는 일들이 생긴다. 이런 일들을 지혜롭게 대처해 나가지 않는다면 활동 기관과의 문제가 생기기 십상이다. 또 아무리 지혜롭게 대처했다 하더라도 활동 기관에서 생각을 바꾸지 않을 수도 있다. 그럴 때는 원래 계획했던 일들만 묵묵히 해 나가면 될 것 같다. 애초에 누군가 알아주길 원했던 것도 아니니까 말이다.

먹고살기 바쁜 에티오피아에서 컴퓨터 교육?

에티오피아에서 컴퓨터 교육을 하고 있다고 하면 대부분 "에티오피아에 컴퓨터 교육이 정말 필요한가요?"라고 물어보곤 한다. 때로는 먹고살기 바쁜 에티오피아에 컴퓨터가 웬 말이냐 며 농업이나 건축 전문가가 더 필요하지 않느냐는 이야기를 하 곤 한다. 하지만 에티오피아에서 컴퓨터 교육은 선진국 못지않 게 중요하다.

IT 산업의 가장 큰 분야인 소프트웨어 산업은 노동집약적 산 업이기에 에티오피아의 값싼 노동력을 이용한다면 앞으로 소프 트웨어 산업은 에티오피아의 심각한 실업률 해소와 소득 증진에 도움을 줄 것이다. 소프트웨어 개발은 종종 건물을 짓는 것에 비 교되기도 한다. 건물을 짓기 위해서는 어떤 용도의 건물을 지을 지 결정하고 설계도면을 그리고 실제로 건물을 올리는 것과 같이 소프트웨어 개발을 위해서는 타당성 검토를 거쳐야 하고, 수요자가 원하는 요구 사항을 분석하여 설계해야 한다. 설계를 마치면 그 뒤의 일은 설계도면을 보고 실제로 구현하는 일로 건축에 비교하면 공사 단계와 같다. 소프트웨어가 만들어지면 그 뒤에도 건물과 마찬가지로 유지 보수 역시 필요하다.

이런 소프트웨어 개발의 과정 중에서 개발 도면을 가지고 실제 소프트웨어로 구현하는 일은 적절한 컴퓨터 교육이 이루어진다면 에티오피아에서 충분히 할 수 있는 일이다. 일자리가 늘어나면 실업률이 낮아질 것이고 '굴뚝 없는 고부가가치 산업'이 육성될 것이다. IT 선진국은 이런 개발 인력이 부족하고 전문 인력이기 때문에 인건비가 높아 해외 아웃소싱 비율이 높은 편이다.

경제 분야와 더불어 IT 교육을 통한 정보 접근성을 높이는 것도 매우 중요하다. 에티오피아의 많은 사람들은 정보 접근성이 매우 취약하다. 에티오피아에는 방송국이 딱 하나 있는데, 이마저 국영기업이라 검열이 매우 심하다. 또한 몇 개의 신문사가 있긴 하나 배포가 쉽지 않아 소수의 사람만 구독하고 있다. 게다가 국제 투명성 기구에서 발표한 에티오피아의 부패 지수는 176개국 중 113위이며 정부에 반하는 의견을 가진 많은 웹사이트와 위성방송을 차단하고 있다.

따라서 IT 교육, 특히 인터넷 사용법을 가르치는 것은 정보 접근성을 높이기 위해 매우 중요하다. 최근 중동 북아프리카와 중동 지역에서 일어난 '아랍의 봄' 역시 인터넷을 통해 정보를 교류

함으로써 국민들이 자국의 문제를 인식하기 시작했기 때문에 일어날 수 있는 일이었다. 에티오피아에서도 국민들이 올바른 정보를 얻음으로써 부패를 줄이고 정부를 감시하여 올바른 방향으로 이끄는 데 큰 역할을 할 것이다.

IT 교육을 통해 소득 격차를 줄이는 데도 많은 도움을 줄 수 있을 것이다. 그런 의미에서 도심 지역이 아닌 농촌 지역에서의 컴퓨터 교육은 더욱더 중요 하다. 농촌 지역은 열악한 교통 환경 때문에 도심 지역으로 오기가 힘들고, 그 때문에 다양한 분야에서 접근성이 떨어진다.

1. 직업전문대학의 IT 강사
2. IT학과 수업 모습, 열악한 환경이지만 열의는 진지하다.

학교에 가기 위해 1시간 2시간가량 걸어가야 하는 아이들에게 원격 수업을 진행하고 농부들은 도심에 있는 시장과 가격 정보를 공유하여 농산물들을 적절한 시기와 적절한 가격에 판매할 수 있을 것이다. 경제적이나 교육적 접근성의 향상 및 다양한 분야에서의 접근성 향상은 IT 교육과 IT 기기들의 보급을 통해 가능할 것이다.

이외에도 IT 도입을 통해 금융과 정부 등 다양한 분야에서의 효율성을 확보할 수 있어 IT 교육이 절실히 필요한 이유 중의 하나다. IT 교육은 다양한 분야에서 에티오피아의 경제·사회 발전에 이바지할 수 있다. 자칫 생각하면 IT는 선진국의 전유물로만 생각할 수도 있지만, 농촌 개발, 산업 개발 못지않게 중요한 분야이다.

쨔트와 커피
그리고 나비효과

블루베리와 와인향이 느껴진다는 하라르 커피는 우리에게는 다른 에티오피아 커피인 시다모나 이르가체프보다는 덜 알려졌을지 모르지만, 에티오피아 현지인들은 하라르 커피를 가장 사랑한다. 하지만 이 하라르 커피를 볼 수 있는 날도 얼마 남지 않은 것 같다. 바로 '쨔트(khat, 학명: Catha edulis)'라는 식물을 커피 대신해서 키우고 있기 때문이다.

한 신문사에 하라르에 관하여 기고하기 위해 커피에 대해 조사하러 다닌 적이 있었다. 그때, 하라르 주 정부 농업 담당 비서관을 만나 이런저런 이야기들을 묻자 조금은 충격적인 대답을 들었다.

"하라르 커피는 이제 거의 없어. 네 나라에 수출된 하라르 커피는 하라르에서 재배된 커피가 아닐 거야."

비서관은 하라르에서 몇몇 농장 말고는 이제 커피를 거의 생산하지 않는다고 했다. 오래된 커피나무를 베고 쨔트를 심고 있는 추세이고, 자신도 커피 대신 쨔트를 재배하는 것이 농가에 수익을 가져와 권장하고 있다고 했다.

그도 그럴 것이 심은 뒤 5년이 넘어야 수확이 가능한 커피와 다르게 쨔트는 심으면 그 해에 수확이 가능하고 일 년에 세 차례 수확을 한다. 1kg에 100비르^{우리 돈 6천 원} 정도 하는 커피에 반해 쨔트는 그보다 가격도 매우 높고 수요도 많아 내가 생각해도 굳이 커피를 재배할 이유가 없는 것 같다. 비서관과 방문한 몇 남아 있지 않은 커피 농장은 커피 농장이라고 부르기도 애매했다. 커피나무가 있어야 할 자리에 심은 지 몇 년 안 된 것 같은 쨔트 나무들이 대부분이었다.

하라르 커피가 사라지는 것은 안타깝지만, 새로운 작물을 심어 농가의 수익이 나고 에티오피아가 가난에서 벗어날 수 있다면 다행이라고 생각할지도 모른다. 하지만 농가들이 커피나무를 밀어내고 재배하는 쨔트는 '케치논'이라는 환각성 마약 성분을 가진 마약으로 우리나라를 포함한 많은 나라에서 마약성 물질로 분류되고 있다.

하라르에서는 쨔트를 복용하고 있는 사람들과 이 쨔트를 팔고

있는 사람들을 길거리에서 흔히 볼 수 있는데, 그 수익성 때문에 점점 많은 양이 재배되다 보니 가파른 물가 상승률에도 불구하고 가격은 전혀 오르지 않고 있다. 중독보다 더 큰 문제는 이 쨔트는 서너 시간가량 복용해야 효과가 나타난다고 하는데, 그래서 중독된 사람들은 오후에 쨔트를 복용하느라 경제 활동을 하지 않는 경우가 많다. 몇몇 학생들과 선생들도 이 쨔트를 복용하느라 오후에 학교를 나오지 않는 경우가 있고, 쨔트를 복용한 후 보이는 폭력성 때문에 가정이 파탄 나는 경우도 봤다. 버스나 트럭 운전기사들은 잠을 쫓기 위해 쨔트를 복용하는데, 쨔트가 시야를 좁게 만들고 속도감을 느끼지 못하게 만들어 교통사고도 자주 난다. 쨔트에 포함된 여성 호르몬 때문에 성장기 청소년들이 복용했을 때는 호르몬 이상으로 성장에 큰 문제가 있기도 하다.

하라르 사람들은 쨔트가 무슬림들이 새벽까지 기도하기 위해 커피 대신 복용했다며 오래전부터 내려오는 전통과 같은 것이라고 이야기한다. 하지만 내가 봐 온 쨔트는 전통이 아니다. 우리 선조들이 담배를 피웠다고 지금 담배를 피우는 것이 전통이 아니듯 말이다.

결국에는 커피보다는 쨔트가 수익이 나기 때문에 점점 더 많

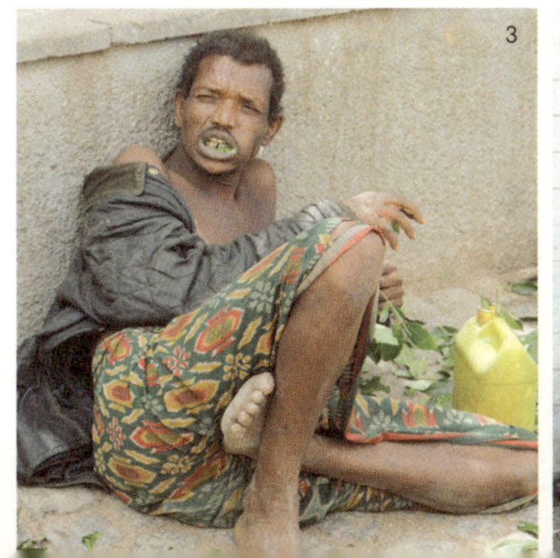

3. 이렇게 길에 누워 쨔트를 하는 사람들도 있다. (사진 황수민)
4. 상점 주인도 노숙자도 길에서 쨔트를 한다.

이 재배하게 되고 더 많은 사람이 중독되고 또 더 많은 농가에서 쨔트를 재배하는 악순환이 계속되고 있는 것이다. 하지만 이 악순환의 시작에는 전통적인 작물인 커피보다 더 많은 수익이 나기 때문이라는 경제 논리가 있다. 커피 농장이 마약 농장으로 대체되는 이유는 우리에게 있을지도 모른다.

나도 대형 커피 체인점에서 에티오피아 커피 농가들에게 싼값에 원두를 수입해 농부들이 어려움을 겪고 있다는 것을 익히 들었음에도, 한 잔에 오천 원씩 하는 커피를 마시면 커피 농부들에게는 몇 원만이 돌아간다는 사실도 알고 있지만 알고만 있었지 큰 관심을 갖지 않았다. 커피 농부들에게 제값을 주고 사 온 공정무역 커피는 비싸다는 사실에 외면했던 것도 사실이다.

결국에는 나와 우리의 무관심이 하라르에 또 에티오피아에 쨔트라는 마약성 식물을 기르게 한 것 같다. 나비의 작은 날갯짓이 먼 곳에서는 태풍이 될 수도 있다는 나비효과처럼.

Chapter 6

하라르
직업전문대학
창업지원센터

하라르 직업전문대학에서 연 외국인들을 위한 환영회

아프리카에 창업지원센터?

파견 후 6개월간은 이곳에 적응하는 데 바쁜 시간을 보냈다. 현지인 친구도 만들고 학생들에게 강의도 하면서 지냈는데, 그러다 보니 알게 된 것이 학교를 졸업하더라도 많은 학생들이 일자리를 구하는 데 어려움을 겪고 있다는 것이다. 배운 전공을 살려 취직하는 경우도 매우 드물어서 자연스럽게 전공 공부를 소홀히 하게 되는 듯했다. 100여 명의 학생들을 대상으로 설문조사를 했는데, 결과는 내가 생각했던 것과 같았다.

그 뒤 어떻게 하면 학생들에게 공부에 흥미를 갖게 할까? 그리고 어떻게 하면 취직률을 높일 수 있을까 하고 생각했는데, 문득 한국에서도 대학생들 사이에 소규모 기술벤처 창업이 유행하고 있다는 것에 착안하여 여기에도 창업지원센터를 만들어 학생들의 창업을 도우면 어떨까란 생각이 들었다. 학생들이 배운 것을 바탕으로 창업하는 것을 도와줌으로써 전공 공부에 더 흥미를 느끼게 하고, 창업을 통해 취직률도 높일 수 있을 것 같았다.

직업전문대학이라는 특성상 실습을 위한 다양한 기계들이 갖추어져 있고, 이 기계들을 이용한다면, 창업을 위해 값비싼 장비를 구입하지 않아도 되어 적은 창업 비용으로도 충분히 창업이 가능해 보였다. 예를 들어 학교에는 오븐과 주방 시설이 갖추어져 있는 호텔경영학과가 있으니, 이 오븐과 주방을 이용할 수 있어 적은 창업 비용으로 베이커리를 여는 것이 어려운 일은 아닐 것 같았다. 또는 전기공학과나 기계학과 같은 경우에는 간단한 생활 가전제품을 만드는 것도 가능할 것 같았다. 또한 교내에 사무실을 조성하고 사무 기자재들을 가져다 놓는다면, 사무실을 열기 위해 비용이 들지도 않을 것이다. 이렇게 한다면 업종에 따라 다르겠지만 적게는 10만 원에서 많게는 100만 원이면 충분히 창업이 가능할 것 같았다.

예전에 어느 공모전에 참가하여 미소금융에 대해 조사한 적이 있었다. 미소금융은 사회적 약자를 위해 저금리로 소액 대출을 하여 미소기업이나 사회적 기업을 시작하는 창업자금을 위한 특별한 금융을 말한다. 그때 많은 미소금융기관을 조사하고 직접 찾아가 이것저것 묻기도 했는데, 실제로 미소금융이 우리 사회를 변화시킬 수 있다고 믿는 사람들이 많았다. 이런 미소금융을 통해 소규모 창업은 지역사회 경제에 활력을 돋게 했다. 미소금융에 대해 한 가지 놀라웠던 점은 대부분의 대출자들이 대출을 제 시기에 상환한다는 점이다. 소액의 대출은 상환하지 않을 가능성이 높다는 우리의 통념과는 달리 미소금융을 처음 도입한 그라민 은행은 99%의 대출 상환율을 가지고 있다.

미소금융과 연계하여 창업을 원하는 학생들에게 창업 자금을 지원하고, 창업지원센터를 열어 이들에게 창업에 관한 컨설팅과 사무 공간을 제공한다면 시너지 효과가 극대화될 것 같았다. 그래서 창업지원센터 설립과 미소금융을 진행하기로 하였다. 창업지원센터의 시설은 KOICA에서, 미소금융은 한국에서 후원자를 찾아 비용을 마련하기로 하였다.

이렇게 이쩌면 에티오피아에서 처음으로 직업전문대학에 창업지원센터를 만들어 보기로 결정했다. 시작하기 전 창업에 대해 아는 것이 많이 없어 잘 해낼 수 있을지 자신이 없었지만, 에티오피아에 오기로 결정한 그날처럼 한번 도전해 보기로 했다.

하라르 직업전문대학 정문 모습

창업지원센터 설득하기

KOICA에서는 단원들에게 현장사업을 할 수 있도록 5만 달러까지 지원하고 있다. 단원들이 진행하는 현장사업은 교육 환경 개선이나, 시설물 구축인데, 컴퓨터 단원의 경우 컴퓨터실 구축, 과학 교육 단원들은 과학실 재정비 등의 사업을 진행한다.

제안서를 작성하는 데만 4개월이 걸렸다. 창업지원센터가 왜 필요한지 설명하고, 어떻게 운영할지 작성했다. 필요한 물건 하나하나 견적을 내고 일부 물품들은 현지에서 구할 수 없거나 현지 가격이 비싸 한국에 견적을 의뢰했다. 제안서를 작성하면서 실제로 학생들이 창업을 해서 성공한 사례가 있는지 수소문하고 다녔고, 창업을 준비 중인 학생들에게 그들이 겪고 있는 문제점이 무엇인지도 인터뷰하였다. 하라르 지방 중소기업청 등을 방문해서 실제로 학생들이 창업하는 데 어려움이 없는지, 그리고 창업지원센터에 대한 의견을 물어보기도 했다. 대학의 총장도 만나 진행하고자 하는 사업에 대해 도움을 요청했다.

준비 기간 동안 느낀 것은 의외로 미소기업 창업과 미소금융에 관한 시스템은 잘 갖추어져 있었다는 것이다. 아무래도 많은 개발도상국에서 효과적인 빈곤 퇴치의 방법임을 입증받았기 때문에 에티오피아 정부도 시스템을 갖추고 지원하고 있는 것 같았다. 하라르 중소기업진흥청에서는 미소기업 설립과 지원 방법에 관한 체계적인 시스템을 갖추고 있었고, 미소금융만을 담당하는 정부 기관도 있었다. 현지인들이 자신의 신용도에 관심이 없어 회수율이 높지 않으리라 판단하여 6개월 동안 미소금융지원청에 돈을 예금하면 예금한 돈의 2배에서 3배가량을 대출해 주고 있었다. 정말로 창업을 하기 위해 돈이 필요한 사람들을 가려내기 위해 6개월 동안 저축 실적을 보는 것도 괜찮은 방법인 것 같았다. 또한 동사무소에서 위원회를 만들어 각자의 동에서 미소금융을 통해 창업한 미소기업들이 대출금을 상환할 수 있게 도와주고 있었다. 하지만 이런 시스템을 이용하는 사람들은 일년에 열 명 남짓밖에 되지 않는다고 했으니 잘 갖추어진 시스템이지만 홍보와 운영은 제대로 되지 않았다.

그렇게 제안서 작성을 마치고 KOICA 에티오피아 사무소에 제안서 발표 날이 다가왔다. 몇 개월에 걸쳐 준비한 제안서라 발표에 자신은 있었고, 이 제안이 받아들여진다면 현지인들에게 많은 도움이 될 것이라 믿고 있었지만, 어딘지 모르게 긴장되었다.

아무래도 제안서를 쓰기 시작하면서 받은 도움들과 학교의 기대 때문에 그랬었던 것 같다. 특히 대학 총장은 제안서 작성 단계임에도 불구하고 물심양면으로 지원을 아끼지 않았는데, 그렇게 많은 관심을 받다 보니 꼭 통과시켜야 한다는 부담감이 크게 다가왔다.

결과적으로 발표는 무난하게 마쳤지만, 또 다른 걱정이 생겼다. 내 임기 종료 후에 창업지원센터의 지속성에 대한 질문이 많았는데, 이에 대해 많이 생각하지 못했기 때문이다. 내 임기가 종료되더라도 계속해서 유지할 수 있는 방안을 마련해야 했다. 한 달 뒤 현장사업은 승인이 났지만, 사업이 끝나는 날까지 지속성에 대해 생각하게 되었다.

하라르 직업전문대학 가구 제작학과 강사들의 수업 준비 모습

첫 번째 걸림돌,
장소 수배

관계 기관들을 찾아가 어떻게 하면 창업지원센터를 지원할 수 있을지 이런저런 의견을 주고받는 동안 본격적인 공사가 시작되었다. 사실 공사라기보다는 학교 강의실을 인테리어 하는 일이었는데, 2주면 끝날 줄 알았던 공사는 2달이 넘게 계속되었다.

학교에서 창업지원센터를 만들기로 약속한 공간이 첫 번째 문제였다. 학교에서 처음에는 호텔경영학과를 좀 작은 곳으로 옮기고 호텔경영학과 자리에 창업지원센터를 만들기로 합의하였다. 학과에서 쓰고 있는 강의실이 100여 명 정도가 들어갈 수 있는 큰 강의실이기 때문에 학과 학생이 많지 않은 호텔경영학과가 강의실을 다른 곳으로 옮기더라도 큰 문제는 없어 보였다. 처음에는 학과에서도 그렇게 동의해 주었다. 하지만 막상 사업이 승인이 나고 공사를 위해 다른 곳으로 옮겨 달라고 이야기를 하니 이런저런 핑계를 들어 못 하겠다고 하는 것이 아닌가?

　도움이 되는 좋은 일을 해 보자고 시작한 일인데 시작도 전에 학과 강사들과 싸우는 것보다는 다른 대안을 찾는 것이 낫겠다 싶었다. 그것이 문제의 발단이었다. 다른 학과들도 강의실은 절대 내줄 수 없다고 하는 것이다. 창업지원센터의 취지도 설명해 주고 설득도 해 보았지만 소용없었다. 안 쓰는 강의실을 찾아내었고 일주일 동안 그 강의실 앞에서 서성이면서 강의가 없는 것도 확인했다. 학과 사무실에 가서 안 쓰는 강의실이니 내가 창업지원센터를 만들어 보겠다고 도움을 청했지만 콧방귀도 뀌지 않고 열어 주지도 않았다. 결국에는 장소 문제 때문에 공사 시작이 한 달 정도 미뤄지자 더 이상은 안 되겠다 싶었다.

　총장에게 도움을 요청했다. 시작부터 협조적이던 총장은 그 자리에서 안 쓰는 강의실을 가지고 있는 학과장과 강사들을 모두 불러 회의를 열었다. 그 뒤 두어 시간가량 말도 안 되는 이야기가 오갔다. 듣기에는 다른 학교의 같은 학과는 5개의 강의실을 가지고 있는데 우리는 3개뿐이니 내줄 수 없다는 말도 안 되는 이유와 일 년 동안 한 번도 보지 못했던 세미나를 해야 하고 그곳이 세미나 전용이라 내줄 수 없다는 이유들이었다. 그런 이야기를 듣고 있자니 점점 화가 났다. 학교를 위해 진행하는 사업에서 이렇게 반대가 많이 나오면 나도 이 사업을 할 필요가 없다는 말

 내 이름은 테스파

과 자신의 학과라는 작은 그림에서 벗어나 학교라는 큰 그림에서 생각해 줄 것을 얘기하고 자리를 나와 버렸다.

다음 날 아침 학교에 출근해 사무실로 향하는 동안 10m를 채 걷기가 힘들었다. 기관의 강사들이 나를 붙잡고 자기 강의실을 쓰라고 하는 것이다. 그 전날 내가 나가고 난 뒤 무슨 일이 있었는지는 모르겠지만 아무래도 좋은 방향으로 토의가 계속된 모양이었다. 결국에는 원래 받기로 한 호텔경영학과 강의실보다 더 큰 강의실을 받게 되었다.

한 달 동안 시작도 못 해 보고 강의실만 찾아다녀 기운은 빠졌지만 결국에는 더 좋은 강의실에서 공사를 시작할 수 있게 되었다.

하라르 대강당으로 주변 학교의 졸업식 같은 크고 작은 행사를 이곳에서 한다.

두 번째 걸림돌, 품질

우여곡절 끝에 공사가 시작되었다. 받은 강의실에 페인트칠 하고 사무 가구들을 들여놓는 일이라 2주면 충분할 줄 알았다. 그러는 사이 기관에서는 큰 사건이 벌어졌다. 대학에 도둑이 들어 한 학과의 기자재들을 모두 훔쳐가 버린 것이다. 그 일로 학과장과 시설 관리인이 책임을 지고 학교를 나갔고 수업 기자재들이 없는 그 학과는 더 이상 교육을 진행할 수가 없었다.

그런 일이 있자 나도 대책이 필요했다. 창문을 깨고 들어와 물건들을 훔쳐 가면 어떻게 하지 생각도 들고 허술한 나무문은 밀면 부서질 것 같아 있으나 마나였다. 이미 항목이 책정되어 다른 곳에 쓰기 힘든 예산이지만, 잘 아껴 쓰면 방범창과 철문을 추가로 만들 수 있을 것 같았다. 기관에서는 일부 비용을 부담하기로 하였다.

1. 삐뚤게 달린 방범창
2. 페인트칠을 마치고
파티션 설치 중

예산 항목에 없는 부분이기 때문에 최대한 아껴 써야만 했다. 기관에서 용접을 가르치는 강사를 섭외해 부탁했다. 밖에서 맞추는 것보다 훨씬 저렴하게 방범창과 철문을 맞출 수 있었다. 그렇게 며칠이 지나고 거의 완성이 되어 가겠구나 생각하고 있을 때, 주말에 같이 일하는 동료로부터 전화가 왔다. 완성되었으니 학교로 나올 수 있겠냐고 했다. 나가 보니 방범창이 엉망진창으로 달려 있는 것이다. 방범창은 툭 건드리면 떨어질 것만 같고 수평도 하나도 안 맞아 마치 다 무너져 가는 수용 시설을 보는 것만 같았다. 철문은 더 가관이었다. 공간과 철문의 크기가 안 맞아 달 수도 없게 만들어 놓은 것이다.

그 자리에서 처음으로 기관 강사에게 짜증을 부렸다. 그 사람은 무엇이 문제냐며 오히려 되묻는 모습에 점점 화가 치밀어 올랐다. 오늘까지 제대로 수정해 놓으라고 화를 내고 나왔다. 저녁을 먹고 좀 차분해지고 나니 괜히 미안해졌다. 에티오피아에서 한국과 같은 품질을 기대한 내가 이상한 것일 수도 있겠다는 생

3. 공사 후 모습
4. 건물 밖 현판

각이 들었다. 그래서 다시 전화했더니 아직 학교에서 일하고 있다며 아까는 미안하다고 말하는 것이다. 그 길로 학교로 달려 나갔다.

불이 다 꺼진 학교에서 손전등에 의지해 일하는 모습을 보니 내가 너무했구나 싶기도 하고 열심히 일하는 모습을 보니 안쓰러웠다. 아직 저녁도 먹지 못했다는 강사를 데리고 나가서 저녁을 사 주고 이런저런 얘기를 나눴는데, 그 후에 현지인들의 눈에 보면 제대로 된 일인데 내가 한국인의 관점으로 잘못된 곳을 짚어 내면 현지인들도 기분이 좋지는 않겠다는 생각이 들었다. 무작정 화를 내기보다는 대화를 통해 내가 원하는 것을 잘 설명해서 원하는 품질을 인식시키는 것이 올바른 방법이었다.

강사가 저녁 늦게까지 방범창을 이리저리 손봤지만, 이미 거의 마무리 단계였던 방범창은 삐뚤고 허술하게 달리고 말았다. 철문은 만들었지만 크기가 맞지 않아 쓰지는 못했다.

이런 일을 겪은 후에는 내가 원하는 바를 하나하나 세세하게 알려 주었다. 학생들이 쓸 20여 개의 책상은 직접 디자인하고 치수와 색까지 하나하나 일러 주었는데, 그렇게 했더니 원하는 품질의 책상이 만들어졌다. 페인트칠은 내가 먼저 이렇게 칠해라 보여 주었고, 파티션을 만드는 공사에서는 내가 직접 망치질을 하기도 하였다. 이렇게 하지 않았더라면 책상이 내가 원하는 것과 다르게 엉망진창으로 나왔을 것이 뻔했다. 방범창 사건은 값비싼 교훈이었다.

창업 아이디어 공모전 1

우여곡절 끝에 한국으로부터 미소금융에 쓸 후원금도 받았고, 창업지원센터의 공사도 마무리 단계가 되었다. 학생들을 선발하기만 하면 되었다. 어떤 방법으로 학생들을 선발해야 할지 고민하다가 창업아이디어 공모전을 열어 학생을 선발하기로 하였다. 공모전을 통해 입상한 학생들에게는 창업지원센터에 입주할 기회와 함께 한국에서 받은 후원금을 대출해 주기로 하였다.

몇 차례 학생들을 대상으로 설명회도 가지고 학교 게시판에 공문도 붙이고 했지만 내 예상과 다르게 학생들이 큰 관심을 보이지 않았다. 오십만 원에서 백만 원까지 대출하여 사업을 할 수 있게 해 준다는 것과 사무실과 노트북을 빌려 준다고 하면 많은 학생이 관심을 가질 줄 알았다. 에티오피아 중산층 가정 생활비에 10배에서 20배를 빌려 주는 것이기 때문에 그렇게 적은 돈도

아니었다. 하지만 하루걸러 한두 명 정도가 사무실에 찾아와 이것저것 물어보는 것이 전부였다.

상황이 이런 데도 같이 일하는 에티오피아 동료들은 '찌그리 옐름(문제 없다)'만 외쳐 댔다. 그렇지만 나는 '찌그리 알러(문제 있다)'였다. 정해진 기간이 지났지만 한 팀도 사업 계획서를 제출하지 않는 것이다. 아무리 한국에서 후원금을 받았다고 한들, 그리고 KOICA에서 창업지원센터를 만들어 줬다 한들 지원할 학생이 없으면 말짱 도루묵이 될 판이었다.

일주일이 지나자 이대로는 안 되겠다 싶어 직접 학생들을 찾아 나섰다. 내가 수업하던 학생들을 불러 커피를 사 주면서 이런 기회가 있으니 제발 사업 계획서를 작성해서 내 보라고 사정하는 단계가 되었다. 하교하던 학생들을 붙들어 이런 일이 있으니 관심 있으면 사무실로 꼭 오라고 전하기도 했다.

그렇게 또 며칠이 지나니 학생들이 정신이 없을 정도로 쏟아져 들어오기 시작했다. 왜 지금에서야 왔느냐고 물어보니 너무 많은 사람이 참가할 줄 알았고 그래서 당선되지 않을 것 같았다

창업경진대회 프레젠테
이션을 마치고 참가자
와 심사위원들과 함께

는 것이다. 그런데 지원자가 없다는 소문이 났고 당선될 가능성
이 보여 왔다는 것이다. 찾아오는 학생들에게 미리 준비한 사업
계획서 템플릿을 주었고 학생들은 금방 템플릿의 빈칸을 채워
가지고 왔다. 지원자가 너무 많을 것 같아 계획서를 제출하지 않
았다는 학생들의 말에 한숨을 놓았다.

　우여곡절 끝에 7팀 30명 정도가 사업 계획서를 제출했다. 예
정된 기간보다 2주나 지났고 그 사이 학생들이 관심이 없을까 봐
속이 탔는데 결국에는 예상한 만큼의 학생들이 참가하여 한시름
놓았다.

승전기념일의 시가행진 공산주의의 잔재인지 공휴일이면 학생들을 동원해 시가행진을 한다

창업 아이디어 공모전 2

많은 학생들이 사업 계획서를 제출해서 한시름 놓았지만 또 다른 시련이 기다리고 있었다.

1차로 내가 사업 계획서를 검토하고 잘한 다섯 팀에 대해서는 하라르 중소기업청장, 교육청장, 대학 총장에게 심사를 부탁하고 프레젠테이션을 진행했다.

문제는 심사위원들이 창업지원센터의 목적을 그때까지도 잘 이해하지 못했다는 것이다. 여러 번 찾아가 이런 프로젝트를 하고 있으니 도와 달라고 얘기도 하고 여러 도움도 받았지만 이곳에서는 새로운 개념이라 이해하기 힘들어 했다. 창업지원센터의 기본적인 틀은 이해한 것 같았는데, 운영방안에 대한 세부적인 이해는 안 되었던 것 같다.

창업지원센터에서 중요한 것은 학생들의 소자본 창업을 돕는 것인데, 그렇게 하기 위해서는 학생들에게 직업전문대학의 여러 기계나 장소들을 싼값에 임대해 주는 것이 중요했다. 그런데 빵을 만들어 팔겠다는 학생들보고 오븐은 어떻게 살 것인지 물어보는 것이 아닌가?

분명히 그전 여러 번의 설명으로 학생들에게 학교의 기자재를 임대해 주는 것에 동의했으면서 프레젠테이션 당일에 학생들에게 그런 질문을 하고 있으니 답답했다. 학생들에게 100만 원 정도 하는 오븐을 사서 창업을 하라는 것은 불가능에 가까웠다. 그런 질문을 받은 학생들도 당황스럽기는 마찬가지였다. 오븐과 같은 주방기기를 학교에서 대여하는 조건으로 사업 계획서를 작성했는데 심사위원들이 주방기기 없이 어떻게 빵을 만들 것인지 물으니 황당했을 것이다. 빵을 만들어 팔겠다는 학생 말고도 다른 여러 팀들도 심사위원들의 당황스러운 질문 때문에 곤혹을 치렀다. 보다 못한 내가 나서서 그 이야기는 저번에 만났을 때 얘기가 끝나지 않았냐고 되물었는데 그제야 그때 이해가 안 됐었다고 실토하기도 했었다.

프레젠테이션이 끝나고 인터뷰를 거쳐 다섯 팀 20명의 학생들을 선발하는 데는 문제가 없었지만, 프레젠테이션을 진행하는

동안 아직도 총장을 비롯한 관계 기관 사람들의 인식이 부족한 것을 뼈저리게 느꼈다. 그 뒤로 여러 번 다시 찾아가 다시 한 번 설명하고 질문을 받는 과정까지 거쳐 겨우 세부사항을 이해시킬 수 있었다. 그래도 안심이 되지 않아 양해각서를 체결하여 그동안 회의 내용과 내가 설명했던 내용들과 나누었던 이야기들을 문서화시켜 남겨 두었다.

그 뒤 관계 기관 사람들은 그 뒤에 지원을 아끼지 않았다. 학생들이 사업자등록증을 받고자 하면 통상 한 달에서 두 달 정도 걸리는 기간을 2주 정도로 단축시켜 주고, 학교 내부에 문제가 생기면 직접 나서서 해결해 주기도 하였다. 끈질기게 설득시키고 이해시킨 노력이 돌아오는 것 같았다.

가장 큰 문제였던 내 임기가 끝난 후에도 창업지원센터가 유지될 수 있는지에 대한 문제는 일단락된 것 같았다. 하라르 중소기업진흥청, 미소금융청, 직업전문대학과 같은 관계 기관의 장들이 이 창업지원센터를 어떻게 운영해 나가야 하는지 이해하고 있었기 때문에 내 임기가 끝나고 현지인들이 운영해 나간다 하더라도 바른 운영 방안에 대해 조언하고 감시할 수 있을 것이다.

3

1. 양해각서 체결 전 설명회
2. 창업지원센터와 양해각서 체결 중
3. 경진대회 시상식

승전기념일 시가행진이 끝나고 운동장에서 마무리를 하고 있다

첫 월급 빨간 내복

본격적으로 학생을 선발하고 받은 후원금으로 대출도 해 주고 나니 학생들이 자신들이 제출했던 사업 계획서에 따라 일을 시작했다. 그 후에도 이런저런 일이 있었는데, 학생들끼리 싸워 중재를 서기도 했고 사업 계획서에 써 놓은 내용과는 전혀 다른 사업을 진행하고자 해서 곤란한 적도 있었다. 우여곡절을 겪다가 드디어 한 팀에서 수익을 냈다. 학생들을 선발한 뒤 5주가 지나서였다.

자동차 학과에서 공부하는 학생들이었는데, 엔진오일을 교체해 주거나, 세차해 주는 차량 관리 사업이었다. 처음으로 차량을 점검해 주고 와서 받은 돈은 5천 원 남짓. 4명이 함께 일하고 번 돈 치고는 적은 돈이지만, 그때의 감격은 잊을 수 없다.

학생들이 첫 일거리가 생겨 다녀온다고 얘기하고 나간 이후로 나는 사무실에서 안절부절못하고 기다리고 있었다. 분명히 열심히 잘하고 있을 것을 알지만 그래도 실수는 없을지 힘들어 포기하고 돌아오진 않을지 내심 걱정이 됐다. 두 시간 정도가 지나자 학생들이 돌아왔다. 계단을 올라오는 발소리를 듣고 그 학생들인 줄 짐작하고 문밖으로 마중 나갔다. 힘든 기색이 역력했지만 나를 보고 미소를 짓는 학생들에게 나도 보답으로 큰 박수를 쳐줬다. 사무실에서 일하고 있던 다른 학생들도 무슨 일인가 나와 보고 같이 박수치는데 힘들었던 몇 개월간의 준비기간에 보답받는 것 같았다.

나는 아직 이해할 수는 없지만 부모님들이 자식들이 첫 월급을 타면 선물하는 빨간 내복을 받은 느낌이 이렇지 않을까 싶었다. 지난 세 달간 학생들에게 사업 아이디어를 발굴해 주고, 사업계획서를 어떻게 쓰는지 가르치고, 사업 계획에 대해 프레젠테이션을 시키고, 돈을 대출해 주고 어떻게 써야 하는지 마케팅은 어떻게 해야 하는지 하나하나 가르쳐 주다 보니 애정이 생겼던 것 같다. 그 뒤에도 몇몇 팀들이 수익을 내기 시작하면서 창업지원센터가 계획했던 궤도에 올랐는데, 첫 수입 때마다 약속이라도 한 듯이 모두 문 앞으로 마중 나가 박수를 쳐 줬다.

두 달쯤 지나자 다섯 팀 중에 한 팀은 중도에 포기했고 나머지 네 팀은 한 달에 우리 돈 20만 원에서 30만 원 정도의 값진 수익을 내기 시작했다. 그중에 가정용 오븐을 만드는 팀은 재료는 밖에서 사 오고 학교의 기계를 이용해 오븐을 만들었는데, 시중에서 구할 수 있는 것보다 훨씬 싼 값에 팔아 만들기가 무섭게 팔려 나갔다. 컴퓨터 관련 사업을 하는 학생들은 복합기를 사서 교내에 모든 복사를 독점했고, 간단한 브로슈어 같은 것도 주문받아 제작해서 수입이 짭짤했다. 양계장을 한다는 학생들은 교내에 양계장을 만들고 닭을 들여왔는데, 닭을 20마리밖에 사지 못해 생각만큼 수익을 올리지는 못했지만, 앞으로 버는 돈으로 꾸준히 마릿수를 늘려 나간다고 했으니 차차 수익이 날 것이다. 차량 정비를 하는 학생들은 사업자등록증을 받았고, 중소기업진흥청에서 도와주어 관공서의 차량을 정비와 세차를 해 주었다.

창업지원센터가 어느 정도 목적한 대로 운영되었지만 내가 떠난 뒤 어떻게 운영해야 할지 몰라 갈팡질팡한다면 문제였다. 그래서 운영 메뉴얼을 100여 장 남짓한 책으로 만들었다. 학생들을 어떻게 선발해야 하는지, 언제 학생들을 보육센터에서 졸업시켜 사회로 내보내야 하는지 등의 운영 방법에 대해 자세히 써 놓았고 이 책을 관계 기관과 총장에게 나누어 주었다. 그리고 같이 일하던 동료를 대학에서 정식으로 창업지원센터의 장으로 임명해 주었다. 앞으로 지속해서 잘 운영되어 많은 학생들이 창업을 쉽게 할 수 있고 그를 통해 교육의 질을 높이고 빈곤을 조금이나마 줄일 수 있기를 바란다.

하라르 직업전문대학 대학본부 모습

Aggressive but Not Arrogant

현장지원사업을 진행하면서 가장 크게 느낀 것은 에티오피아에서 일하기 위해선 공격적(Aggressive)으로 진행하되 거만(Arrogant)하지는 않아야 한다는 것이다.

에티오피아 사람들에게는 '안 되는' 것이 너무 많다. 시작해 보기도 전에 사소한 문제들을 들먹이며 그것을 빌미로 안 된다고 이야기 하는 경우가 많다. 활동했던 직업전문대학의 총장은 어느 정도 '깨어 있는' 사람이라 창업지원센터에 대해 긍정적인 입장을 가지고 있었지만, 대학의 강사들과 보직 교수들은 무조건 안 된다고만 이야기했다. 사소한 것 하나하나까지 따져 가며 문제를 제시하는데, 나중에는 '내가 미워서 그러는 걸까'라는 의문을 가질 정도로 까다롭게 굴었다.

한번은 기관의 강사들이 무더기로 찾아와 내게 문제를 제기했다. 입주 학생들이 기자재를 사용하는 것에 대한 문제 제기였다. 강사들은 입주 학생들이 학교 기자재를 고장 내면 어떻게 할 것이냐며 학교 기자재를 사용하는 것을 절대로 용납하지 않겠다고 했다. 나는 차근차근히 설명해 주었다. 입주 학생들이 사용할 학교 기자재들은 용접기, 철판 절단기, 베이킹 오븐 같은 여간해선 학생들이 고장 내기 힘든 기계들이며, 혹여나 학생들이 고장 낼 때를 대비해 강사들이 일대일로 사용법을 가르치기로 했고, 총장과 이 기계들이 고장 났을 때의 책임 소재를 분명히 해 놓았다고 이야기해 주었다. 강사들은 막무가내였다. 이미 자신들이 내린 결정에 무조건 따라야 한다는 식이었다. 내 이야기를 들으려 하지도 않았다. 학교의 기자재들을 저렴한 값에 임대해서 학생들의 창업비용을 줄여 주는 것이 프로젝트의 중요한 목표 중 하나인데, 이것을 못 하게 하면 창업지원센터의 의미가 무색해지는 것이라 나도 물러설 수가 없었다.

내가 물러서지 않자 그 강사들은 결국 총장을 찾아가 따져 물었고 총장도 강사들의 반발이 너무 심해 나와 양해각서까지 체결한 내용을 없었던 것으로 하고 다른 방법을 찾아보자는 말을 했다. 3주가량을 학생들은 원자재를 사고 도면을 구해 제작만 하면 되는 상태에서 기다리기만 했다. 나도 계속 설득했지만 똑같은 이야기만 반복하고 있는 강사들을 보니 공격적으로 나가는 것이 좋겠다 싶었다.

창업지원센터에 KOICA의 지원으로 지원했던 노트북 10대, 데스크톱 2대, 책상과 의자 등 천만 원어치의 물건들을 다 학교 밖으로 꺼내 버렸다. 그리고선 기자재 지원이 없으면 창업지원센터의 설립은 무의미하다는 내용의 서면을 학교에 전달하고 나와 버렸다. 사실 사업을 접겠다는 의도는 아니었고 상황을 내 쪽으로 유리하게 이끌어내기 위한 '쇼'였다. 학교에서 가지고 나온 것은 박스뿐이었고 노트북과 데스크톱, 책상 의자 같은 것들은 밖에서 보이지 않게만 숨겨 두었다.

그날 저녁이 되자 전화기에 불이 나기 시작했다. 총장은 기자재 지원 말고 다른 방법을 찾아보자 같은 이야기를 반복했으나 일언지하에 거절하고 다시 한 번 내 생각을 설명해 줬다. 반대하던 강사들도 전화기에 부리나케 전화했으나 똑같은 이야기뿐이었다.

이튿날 아침, 총장에게 다시 전화가 걸려 왔다. 하라르 대학 교육부장과 문제를 제기한 기관 강사들과 회의를 다시 한 번 해보자고 했다. 그날 회의는 나에게 호의적이었다. 이미 여러 번 토의를 거쳤던 기자재 파손 시 책임 소재에 대해 다시 확인하는 형식적인 절차만 진행되었다. 결론이 이미 나 있는 회의였다. 결국에는 처음 토의했던 내용대로 학교의 기자재를 저렴하게 임대해 주는 데 동의했다. 결국은 프로젝트가 마무리된 후 내가 있었던 3달 남짓의 기간 동안 학생들은 기자재들을 고장 내는 일 없이 잘 사용했고 이를 통해 적은 창업비용으로 큰 수익을 내었다.

그날 공격적으로 나가지 않았다면 학생들이 기자재를 사용할 수 없었을 테고 창업지원센터가 제 기능을 발휘하지 못했을 것이다. 그래서 지금 돌이켜 생각해 보면 그때의 행동이 잘못됐다고 생각하지는 않지만 조금 더 겸손했을 수는 없을까 하는 반성이 남는다. 기자재를 들고 나오는 '협박' 말고 내 의견을 좀 더 겸손하게 어필할 수 있는 대안이 있었을 것만 같다.

현지인들과 함께 나눔과 섬김을 실천하는 것도 중요하지만, 진행하고 있는 프로젝트의 목표를 달성해 나가는 것도 중요하다. 나아가 프로젝트가 성공하고 그 프로젝트로 인해 많은 사람들이 도움을 받는다면 그것 또한 나눔과 섬김을 실천한 일이리라. 그래서 프로젝트가 사소한 문제에 부딪혔을 때 의논과 토의가 끝난 문제임에도 계속해서 문제가 제기될 때 공격적으로 그러나 겸손하게 해결하면 되지 않을까 싶다.

Chapter 7

에티오피아를
떠나며

길거리 아이들

귀국, 집으로!

귀국이 한 달 앞으로 다가오면서, 그동안 진행해 왔던 이런저런 일들을 마무리 짓느라 시간 가는 줄 몰랐다.

현장지원사업은 직업대학에 인수인계를 진행했는데, 내가 떠난 뒤에도 유지될 수 있도록 주 정부 교육청에서 창업지원센터를 센터에서 정식 학과로 인정해 주었고, 그동안 함께 일했던 현지인을 학과장으로, 그리고 학과장의 일을 도와줄 수 있는 직원 한 명도 배정해 주었다.

커피를 팔고 남은 이익금으로 도와준 두 번째 가정에도 다시 한 번 찾아갔는데, 그 때 그 두 번째 가정에서도 돈을 돌려준다고 하여, 돌려받은 돈을 세 번째 가정에 전해주고 왔다. 세 번째 가정은 시골에서 닭과 염소를 사 와 도시에서 파는 일을 한다고 했는데, 수익성이 있을지는 조금 의문이었지만 그래도 가족들의 의지가 보여 흔쾌히 돈을 빌려 주었다. 가르쳐 왔던 학생들은 졸업시험을 도와주고 취업하고자 하는 학생들에게는 이력서도 봐 주었다. 학생들에겐 할 수 있을 만큼 도와주고 싶지만, 내가 열심히 돕는다고 해서 사회에 나가 모두 취업을 할 수 있는 여건이 되지 못하는 사실에 안타까웠다. 적은 돈이지만 장학금을 준 학생들을 찾아서 앞으로 열심히 공부할 것을 부탁하고 오니 그제서야 2년간의 모든 일들을 마무리 지은 느낌이 들었다.

해 오던 일을 마무리한 것 말고 마지막에 새로 시작한 일이 있는데, 짐정리였다. 2년을 살다 보니 이런저런 짐이 많아지고 집에 갈 때쯤 되니 그 짐을 도저히 들고 갈 수 없을 지경이 되었다. 그래서 쓰던 물건을 어떻게 처리해야 할지 고민을 해 보았다. 내가 쓰던 물건들을 모두 학교로 가져가서 바자회를 했다. 입던 옷은 우리 돈으로 이삼천 원씩, 스피커, 전기스토브 같은 가전제품은 오천 원 정도에 팔았는데 그렇게 나온 수익금이 칠만 원 정도 되었다. 현지인들에게 그냥 주는 것보다 가격을 붙여 팔아 정말로 필요한 사람들에게 물건이 돌아가도록 하고 그렇게 생긴 돈은 현지 교회에서 어려운 이웃들을 위해 쓴다기에 그곳에 기부하고 왔다.

처음 직업전문대학에 들어온 그 2년 전처럼 조용히 떠나고 싶었기에 정말 친한 친구들 이외에는 말을 하지 않았건만, 바자회 때문에 떠들썩한 귀국 준비로 나를 아는 사람들 대부분이 내가 집으로 돌아간다는 것을 알아 버렸다. 학교에서는 하라르에서 가장 비싼 호텔에서 송별회를 해 주었고, 친구들은 각자 자기 집으로 저녁 식사를 초대해 주었다. 그중에는 나랑 매일 싸우던 직업전문대학 강사의 초대도 있었는데, 싸우면서 정이 든다는 말처럼 그 강사도 나도 서로 울먹울먹하느라 말을 잘 잇지 못했다.

창업지원센터의 학생들과 내가 가르쳤던 학생들은 저녁 무렵 나를 학교로 불러 깜짝 파티도 해 주었는데, 내가 감동받아 울어야 했는데, 오히려 학생들이 준비한 깜짝 파티에서 학생들이 울어 버려 위로하느라 애를 먹기도 했다.

이런저런 일들로 한 달 전부터 시작한 귀국 준비는 생각보다 바빴다. 그러느라 떠난다는 것이 어떤 느낌인지 잘 실감하지 못했다. 마지막 날에서야, 정리가 끝나 텅 빈집과 문 앞에 놓여 있는 한국으로 가져갈 짐가방을 보고서야 실감이 났다. 그 전에는 막연히 한국으로 돌아간다는 생각이 기쁘기만 했다. 50일 전부터는 새해맞이 카운트다운 하듯이 아침마다 하루하루 줄어가는 숫자를 카운트다운까지 했었다. 그렇게 기쁘기만 할 줄 알았다. 하지만 마지막 밤 집으로 돌아간다는 느낌은 말로는 표현할 수 없는 복잡한 기분에 마냥 기쁘지만은 않았다.

그날은 밤새 뒤척였다. 하라르에 온 첫날처럼 잠을 이루지 못했다. 한국에 두고 온 보고 싶은 사람들 때문에 잠들지 못했던 첫날처럼 마지막 날은 어쩌면 다시 볼 수 없을지 모르는 보고 싶을 사람들 때문에 아쉬워 잠들지 못했다.

시골 초등학교를 방문했다가 학생들이 처음 보는 카메라에 인사하고 있다.

나의 방랑
그리고
그 방랑의 끝에서

프랑스의 천재 시인 랭보는 동성 연인과 헤어진 후 방황과 방랑을 거듭하다 하라르까지 왔다. 젊은 나이 천재 시인은 26살 젊은 나이에 시를 쓰는 것을 멈추고 이곳까지 왔던 이유는 무엇일까?

내가 하라르에 온 것도 어쩌면 방랑이었을 것이다. 젊은 날의 방랑, 방랑이 끝나고 뒤돌아보면 그 순간순간이 상쾌한 9월 저녁 별들의 부드러운 소리를 듣는 것처럼 조용히 또 문득 회상된다. 할 수 있는 일들은 많았지만 다 하지 못했던 것과 더 많은 사람을 사랑하지 못했던 것은 후회로 남고, 내가 줄 수 있었던 작은 도움들로 그들의 삶이 조금이라도 나아졌음은 보람으로 남는다.

가정 형편이 어려운 학생에게 장학금을 전달하고, 한 가정에 활기를 되찾아 주었던 일과, 외면하기 힘든 사람들의 이야기를 듣고 같이 고민해 준 일들, 창업지원센터를 만들면서 같이 일했던 동료들과 어려움을 해결해 나가면서 느꼈던 보람은 평생 잊을 수 없을 것 같다. 하지만, 내가 도와줄 수 없었던 많은 사람들, 길에 사는 아이들과 이곳에서 치료할 수 없는 질병을 가진 학생, 에이즈와 가정폭력으로 고통받고 있었던 사람을 생각하면 또 가슴 한편이 뭉클해진다. 변함없이 나를 도와주었던 친구들과 동료들을 뒤로하고 떠나야만 하는 것도 아쉽지만, 그동안 사소한 다툼으로, 또 오해로 더 사랑하지 못한 사람들을 생각하면 내가 왜 그랬을까 하는 후회도 남는다.

이런 복잡한 감정들을 내가 에티오피아에서 방랑하지 않았다면 느낄 수 있었을까?

봉사라는 것이 내가 도움을 주는 것과 동시에 도움을 받고 올 기회라고 얘기하곤 한다. 도움을 주면서 받을 수 있는 것이 도대체 무엇일까 처음에는 이해할 수 없었고 상투적인 표현이라고만 생각해 왔다. 아프리카에서 2년 동안 생활하며 느껴지는 상대적 박탈감 때문에 내 친구들에 비해 뒤떨어지고 있다고만 생각했었다. 하지만 지난 2년간 앞으로는 경험하지 못할, 또 에티오피아에 발 디디지 않았다면 느끼지 못했을 글로도 형용하지 못할 가슴 벅차고 또 뭉클한 감동을 느꼈다. 결국 수많은 봉사자가 그랬듯이 나도 그들에게 도움을 주러 갔다가 오히려 많은 것을 얻어온 것이다. 앞으로 절대로 잊히지 않을 그런 감정들을 선물 받고 왔다.

구시가지 안에 있는 랭
보 박물관

　에티오피아에서의 방랑은 끝이 났지만 이제 다음 여정이 남아
있다. 신발의 끈을 꽉 조여 매고 떠나는 것이다. 천재 시인 랭보
가 그랬듯이.

 길거리에서 구걸하는 아이들에게는 돈을 주지 말자

에티오피아는 길거리에서 구걸하는 아이들이 많다. 우리가 평소에 잘 볼 수 없는 장면이기 때문에 더 가슴 아프고 그래서 100원이라도 쥐여주고 싶은 마음이 생기게 된다.

하지만 길거리에서 구걸하는 아이들에게 돈을 주어서는 안 된다. 관광객들이 이 아이들에게 돈을 너무 많이 주기 때문에 아이들이 길거리로 내몰리고 있다. 그래서 구걸하는 아이들은 어른에게 고용되어 있는 경우도 있고 부모님이 아이들을 구걸하라고 길거리로 내보내기도 한다. 관광객들이 많이 몰리는 시기에는 지방에서 도시로 아이들을 보내 구걸을 시키는 경우도 더러 있다고 한다.

관광객들이 더 많은 돈을 쥐여 주면 더 많은 아이들이 그 돈을 위해 길거리로 내몰릴 것이다. 정 마음이 아프다면 돈이 아니라 가까운 가게에서 빵을 사 주거나 공책을 사 주는 것이 좋은 방법이다.

2 바가지에 대처하는 자세

하라르는 에티오피아에서도 관광지로 유명한 곳이라 가끔 하라르를 찾아오는 관광객을 만날 수 있었다. 관광객들 대부분 바가지를 쓰는 것을 힘들어 한다.

에티오피아를 여행하기 위해선 넓은 마음이 필요하다. 바가지를 쓰는 것이 당연하다고 생각하고 가격을 너무 많이 뻥튀기하지 않는다면 그냥 넘어가 주는 것도 좋다. 국내 여행도 한번 해보지 못한 현지인들에게 해외 여행을 오는 관광객들을 보면 당연히 돈이 엄청 많은 사람들로 생각한다. 그리고 여행객들에게 바가지를 씌우면 그날 하루는 쉴 수 있기 때문에 얄팍한 심리가 작용하기 마련이다. 넓은 마음으로 이해해 주는 것도 필요하다.

물론 두 배, 세 배씩 무조건 바가지를 쓸 필요는 없다. 현지인들에게 관광객에게 바가지를 씌우는 것이 당연하다는 인식을 심어 줘서도 안 된다. 얼마 되지 않는 가격을 바가지를 씌운다면 "내가 정상 가격을 알고 있지만 조금 더 주겠다"고 이야기하면서 조금 더 좋은 서비스를 요구하는 것이 현명한 방법이다.

③ 여행 중에 만난 친구들에게 선물하고 싶다면?

여행을 다니다 보면 자연스럽게 에티오피아 친구들을 사귀게 된다. 그리고 정 많은 에티오피아 사람들은 우리가 미안해질 정도로 많은 도움을 준다.

그 친구들에게 감사의 표시로 줄 수 있는 작은 선물들을 준비하면 좋을 텐데, 그때는 한국의 과자나 인스턴트 커피를 주면 좋아한다. 에티오피아에는 한국에서처럼 맛있는 과자들을 보기 힘들기 때문에 한국 과자를 주면 정말 좋아한다. 커피를 사랑하는 에티오피아 사람들에게 한국의 인스턴트 커피도 좋은 선물일 것이다.

가끔은 친구를 가장해 이곳저곳 소개해 주는 사람들도 있는데, 잘 판단해야 한다. 아디스 아바바에 특히 많은데 친근하게 다가오면서 이런저런 관광지들을 소개해 주다가 결국에는 으슥한 골목으로 이끌어 물건을 강매하는 경우도 있기 때문이다. 하지만 대부분의 현지인은 순수하게 친절하니 이런 경우는 흔치 않다.

4 아프리카에서는 정말 아무것도 구할 수 없을까?

처음에 에티오피아에 왔을 때 그곳에서는 아무것도 구할 수 없을 것이라 생각해 생필품들을 바리바리 싸 왔었다. 하지만 절대 그럴 필요가 없다.

한마디로 말하면 에티오피아에는 없는 것이 없다. 아디스 아바바에는 외국인들이 이용하는 마트가 있으며 이 마트에서는 심지어 밥솥까지 구할 수 있다. 그래서 여행 오려는 사람들이 아프리카라는 아무것도 없을 것이라는 편견에 너무 많은 짐을 싸가지 않았으면 한다.

하지만 꼭 필요한 것은 모기 퇴치제이다. 현지에서는 모기 퇴치제도 일종의 약품이기 때문에 잘 구할 수가 없다. DEET가 함유된 모기 퇴치제를 사 온다면 말라리아나 뎅기열을 예방할 수 있다.

북부와 동부 에티오피아 도시들은 지대가 높아 모기가 그렇게 많지는 않고 또 말라리아나 뎅기모기도 잘 없다. 하지만 남부 지역은 지대가 낮아 말라리아와 뎅기열의 위험 지대이니 모기약을 잘 바르는 것이 안전할 것이다.

5 KOICA 단원들은 어느 곳에나 있다.

에티오피아 많은 지역에서 KOICA 단원들이 활동하고 있다. 단원들을 만나 도움을 여행에 도움을 받는 것도 나쁘지 않을 것 같다. KOICA 단원은 대부분 현지에서 2년씩 생활하기 때문에 그곳 관광지와 친구들을 많이 알고 있어 여행에 큰 도움이 될 것이다. 더군다나 단원이 살고 있는 집을 내어 준다면 허름한 호텔에서 지내지 않아도 될 수도 있다.

신세만 지는 것이 미안하다면, 아디스 아바바에서 단원이 필요한 물건을 구입해 가는 것도 나쁘지 않을 것이다. 지방에서는 대부분 필요한 물건을 구할 수 없는 경우가 많아 아디스 아바바에서 구해 와야 하는데, 여행객이 아디스 아바바에서 지방으로 올 때 구해다 주면 단원도 편하다.

여행도 하고 봉사도 하고 싶다면 KOICA 단원들을 찾아 도울 것

이 없는지 물어보는 것도 방법일 것이다. 단원들은 혼자서 현장사업을 진행하는 경우가 많고 대부분 혼자 하기 벅찬 일이 많다. 도움을 주고 온다면 여행과 봉사 두 가지 토끼를 동시에 잡을 수도 있을 것이다.

대부분 단원이 블로그나 페이스북 같은 SNS를 하고 있으니 찾아서 연락하면 될 듯하다.

6 관광지에는 내국인 요금과 외국인 요금이 있다.

유명한 관광지의 입장료의 대부분은 내국인 요금과 외국인 요금이 있다. 앞사람이 10비르를 냈다고 나도 10비르겠지 하고 생각하면 오산이다. 내국인 요금과 외국인 요금이 있다는 것을 모르고 바가지라 생각해서 안내인과 싸우는 경우가 많다.

내국인 요금과 외국인 요금이 5배에서 크게는 10배까지 차이 나는 경우가 있다.

7 아디스 아바바에는 3G가 터진다!

아디스 아바바에는 3G망이 깔려 있으므로 휴대폰으로 비교적 빠른 인터넷을 쓸 수 있다. 지방에서는 2G가 깔려 있어 인터넷은 느리지만 인내심을 가진다면 이메일이나 페이스북을 확인하거나 카카오톡 정도는 할 수 있다.

한국에서 쓰는 스마트폰을 그대로 가지고 와 현지 심카드를 넣으면 전화와 인터넷을 쓸 수 있다. 심카드는 저렴한 편이고 선불제라 가입도 간단해서 Ethio Telecom에 증명사진 두 장과 신분증을 들고 가면 30분 정도 후에 받을 수 있다. 에티오피아에 장기로 여행하고자 하면 현지 심카드를 사는 것도 좋을 것 같다.

현지 심카드를 넣고 인터넷을 하기 위해서는 휴대폰의 모바일 네트워크에 APN을 추가해야 한다. APN을 etc.com으로 변경 후 저장하면 아디스 아바바에서는 3G, 지방에서는 2G 인터넷을 쓸 수 있다.

⑧ 비행기를 탈 때는 공항에 일찍 가자

에티오피아 항공은 아프리카에서도 대형 항공사인 만큼 노선이 매우 다양하다. 국내선 노선도 다양해서 10시간이 넘게 봉고 버스를 타는 것보다 비행기를 이용하는 것도 나쁘지 않다.

비행기를 탈 때 주의해야 할 것은 공항에 일찍 가야 한다는 것이다. 에티오피아 항공은 좌석보다 예약을 훨씬 많이 받는 경우가 허다하고 국내선이라고 1시간 전에 공항에 갔다가는 돈을 지불해 확정을 받은 예약이라 하더라도 내 좌석이 없는 경우가 있다. 넉넉하게 2시간 전에 공항에 도착해야 이런 일을 당하지 않을 수 있다.

국제선의 경우도 공항에 생각보다 훨씬 일찍 가야 한다. 아디스아바바 볼레 공항은 매일 사람으로 북적이고 짐 검사가 철저해서 시간이 꽤 오래 걸린다. 또한 짐 검사를 하고 티켓을 받았다고 하더라도 출국 심사를 받는 데도 시간이 매우 오래 걸리니 3시간 반이나 4시간 전에는 공항에 가야 여유롭게 비행기를 탈 수 있다.

9 국내선 항공권은 인터넷보다 항공사가 훨씬 싸다

대부분 항공사에 직접 찾아가 티켓을 구매하면 인터넷보다 비싸기 마련인데, 에티오피아 항공은 항공사 사무실이나 여행사에서 발권하는 것이 인터넷으로 발권하는 것보다 훨씬 싸다.

아디스 아바바에서 디레다와까지 인터넷으로 끊으면 편도 2,900 비르 정도 나오지만 항공사를 찾아가 끊는다면 1,100비르 정도면 끊을 수 있다.

또한 왕복 요금이 편도 요금의 2배보다 조금 싼 것이 일반적인데 비해 에티오피아 항공은 정확히 2배이므로 날짜가 확실히 정해져 있는 것이 아니라면 일부러 왕복 티켓을 끊을 필요는 없다.

또한 노선은 많지만 하루에 한 편 운행하는 경우가 많아 비행기로 여행할 생각이라면 최소 2일에서 3일 전에 예약을 해 놓는 것이 안전하다.

에티오피아 항공 국내선 모습

10 '미니 버스'로 어디든지 갈 수 있다

대형 버스 회사가 잘 없는 에티오피아에서는 우리 봉고차가 버스를 대신한다. 현지에서는 '미니 버스'라고 불리는 이 버스로 에티오피아 전역 어디든지 저렴한 값에 갈 수 있다.

5시간 내외의 단거리 여행은 미니 버스 터미널을 찾아가면 된다. 대부분의 도시에 미니 버스 터미널이 있는데 현지어로 '마나리아'라고 한다. 터미널에 가면 호객꾼들이 있는데 호객꾼들한테 내가 갈 행선지를 얘기하면 버스로 데려다 준다.

10시간 정도의 장거리 버스도 터미널에 가서 탈 수 있지만, 미니 버스에 손님이 다 찰 때까지 1시간이고 2시간이고 앉아서 기다려야 한다. 장거리 여행이라면 그 전날 예약을 하는 것이 낫다. 예약을 하면 새벽에 미니 버스가 숙소 앞까지 찾아와 데려간다.

미니 버스는 정원보다 항상 초과해서 손님들을 태우기 때문에 불편할 수 있다. 운전사 옆자리나 운전사 바로 뒷자리에 탄다면 그나마 조금 편하게 갈 수 있다.

11 '살람 버스'나 '스카이 버스'를 이용해 보자

'살람 버스'와 '스카이 버스'는 에티오피아의 대형 버스 회사이다. 곤다르, 바흐다르, 메껠레와 같은 북부 대도시와, 디레다와, 하라르, 지지가의 동부 대도시, 그리고 아르바민치, 짐마와 같은 남부 대도시를 대부분 연결한다.

대부분 새벽 5시쯤에 출발하며, 좌석이 정해져 있어 이삼일 전에 각 도시의 사무실에 가서 티켓을 끊어야 한다. 버스에서 간단한 빵으로 아침을 주고, 점심때는 현지 식당에 세워 준다. 아침에 한 번 길가에 버스를 세우는데 그때가 점심시간 전까지 화장실을 갈 수 있는 유일한 시간이므로, 길거리에서 볼일을 보는 것이 부끄럽더라도 꼭 해결해야 한다.

미니 버스보다 비싸지만 버스가 우리나라의 고속버스와 거의 비슷해 훨씬 편하게 여행할 수 있다.

12 에티오피아에서 아프다면?

여행 중에 아프다면 현지 병원을 찾아가야 할 것이다. 아디스 아바바라면 한국 병원에 찾아가 한국인 의사를 만나면 된다. 이 한국 병원은 현지인늘에게 살 일려져 있어 아무 택시나 잡아 '코리아 하스피털(Korea Hospital)' 하면 데려다 준다.

지방이라면 이야기가 좀 달라지는데, 믿을 수 있는 의료시설이 많이 없다. 하지만 지방에서도 큰 병원은 풍토병을 검사할 수 있는 장비를 갖추고 있고, 대부분의 약도 구비하고 있다. 주사를 맞을 일이 있다면 꼭 새 주사기를 쓰는지(주사기 봉지를 눈앞에서 까는 것을 확인해야 한다), 또 정확한 약을 투약하는지 확인해야 한다.

병원에 갈 정도로 심하지는 않지만 약을 먹어야 한다면 약국에 가서 약품명을 이야기하면 되는데, 가짜약이 많기 때문에 지나치게 싼 약은 구입하지 않는 것이 좋다. 약국에서 가장 비싼 약으로 달라고 하면 되고, 원산지와 약품명을 확인하는 것이 필요하다.

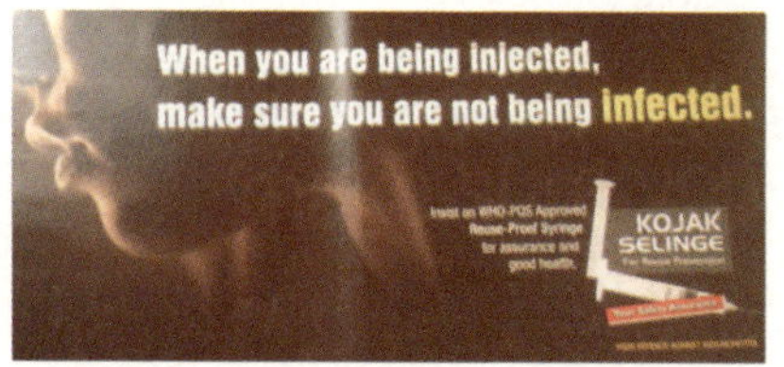

'주사를 맞을 때에는 감염되지 않도록 확인해라!' 현지 병원에는 이런 간판이 많이 붙어 있다.

내 이름은 테스파

한국해외봉사단, 나눔과 봉사를 실천합니다

한국해외봉사단,
나눔과 봉사를
실천합니다

01

World Friends Korea는
무. 엇. 인가요?

• • • 월드프렌즈코리아(World Friends Korea, WFK)는 우리나라 정부부처들이 개별적으로 추진해 오던 해외봉사단 사업을 단일브랜드로 통합한 새 이름입니다.

• • • "WFK"는 도움을 받는 나라에서 도움을 주는 나라로 성장한 경험을 통해, 개도국 이웃들의 어려움을 누구보다 공감하는 우리 국민들의 따뜻한 마음을 표현하는 이름입니다.

WFK는 '세계의 친구'로서 국제사회에 기여하는 한
국인의 이미지를 더욱 선명하게 알리고, 앞으로
다 함께 잘 사는 인류사회 건설을 위한 아름다
운 변화에 앞장설 것입니다.

WFK-한국해외봉사단

http://kov.koica.go.kr

WFK-대학생해외봉사단

http://kucss.or.kr

WFK-해외인터넷청년봉사단

http://www.nia.or.kr/kiv

WFK-중장기자문단

http://kov.koica.go.kr

WFK-개도국과학기술지원단

http://tpc.nrf.re.kr

WFK-퇴직전문가

http://www.nipa.kr

WFK-세계태권도평화봉사단

http://tpcorps.org

21세기
글로벌청년리더가
되는 길,
WFK-한국해외봉사단

● ● ● WFK-한국해외봉사단은 2년간 개발도상국 주민들과 함께 생활하며 교육 및 직업훈련, 농수산업, 보건위생, 농촌개발 등 분야에서 기술 지원 및 교류 활동을 통해 그들의 삶의 질을 높이고, 더 나아가 우리나라와 파견국의 상호이해증진에 기여하게 됩니다. 귀국 후에는 해외봉사활동 경험을 우리 사회에 환원하고 21세기 글로벌 인재로서 능력을 발휘하는 기회가 될 수 있습니다.

WFK 한국해외봉사단은 개발도상국의 지속 가능한 경제 사회발전을 돕기 위한 공적개발원조 ODA 사업의 하나입니다.

WFK-한국해외봉사단 파견유형

일반봉사단, 시니어봉사단, 국제협력요원(국제협력봉사요원 국제협력의사)으로 나뉘며, 봉사정신이 투철하고 심신이 건강한 만 20세 이상 대한민국 국민이면 누구나 지원할 수 있습니다.

일반봉사단원

군복무를 필하였거나 면제된 자로서 해외에서 봉사활동을 수행할 수 있는 일정 수준의 자격을 갖춘 만 20세 이상 단원

시니어봉사단원

파견분야 10년 이상의 근무경력과 전문성을 갖춘 만 50세 이상 단원

국제협력요원

해외봉사활동으로 병역의무를 수행

국제협력봉사요원 : 현역병 입영 대상자 또는 보충역으로 병역 처분을 받은 자 중 일정 수준의 자격과 건강을 갖춘 요원
(복무기간 30개월 중 국외복무 24개월)

국제협력의사 : 병역법에 의해 국제협력의사로 편입이 가능한 의사 자격증 소지자(전문의 우대, 복무기간 36개월중 국외복무 28개월)

WFK
한국해외봉사단 모집
다양한 분야와 직종을
선발합니다

WFK-한국해외봉사단은 도움이 필요한
세계 각지에서 활동합니다.

WFK 한국해외봉사단 활동인원:
1,636명(2012년 11월 기준) 지난 스물두 해 동안 65개국에 9,700여
명이 파견되었습니다

교육

취학연령아동들이 대상으로 하는 기초교육기관, 성인을 대상으로 하는 중등교육기관, 미취업자 및 구직자를 위한 직업훈련학교에서 활동하며, 전반적인 인적자원개발을 지원하고 있습니다.

직종 과학, 미술, 미용, 수학, 요리, 체육, 유아교육, 음악, 직업훈련, 특수교육, 한국어 등

보건

병원, 보건소 등에 파견되어 위생환경 개선, 전염병 예방, 모자보건 증진을 위해 활동하고 있습니다.

직종 간호, 물리치료, 방사선, 보건일반, 영양관리, 임상병리, 작업치료, 치위생

공공행정

정부부처, 관공서, 학교 등에서 활동하며, 개발도상국과 선진국간의 정보격차 해소를 목표로 우리나라의 우수한 행정경험을 전수하고 있습니다.

직종 경영, 경제, 관광, 마케팅, 박물관, 사서, 사회복지, 통신기술

산업에너지

경제개발의 근간이 되는 산업 및 에너지 분야에 파견되어 관련 기술을 전수하고 있습니다.

직종 건축, 공예, 기계, 섬유/의류, 식품가공, 용접, 자동차, 전자, 토목 등

농림수산

개발도상국 농어촌 주민들과 함께 생활하며 지역의 소득증대, 생활환경 개선을 위해 활동하고 있습니다.

직종 농경제, 농기계, 농업일반, 수산양식, 수의사, 원예, 임업, 지역사회개발, 축산

WFK
한국해외봉사단원
모집부터 출국까지
살.펴.보.기

모집선발상담센터 ☎
1588-0434

01 지원서접수

해외봉사단 모집기간 중 홈페이지에서 온라인지원서
작성 및 제출

02 서류전형

학력 경력 자격증 등 직종 전문성 평가

03 면접전형 (인성검사)

직종 전문성 평가 및 봉사자의 기본자세와 소양 점검

04 신체검사, 신용 및 신원조회

05 국내훈련 (4주 합숙훈련)

봉사정신 함양, 언어 · 소양 · 실무 · 안전관리교육 실시

06 출국 및 현지적응훈련(8주)

해외봉사단 지원서는 봉사단모집홈페이지
http://kov.koica.go.kr에서 등록 · 접수하실 수
있습니다.

해외봉사단원
활동기간 중 지원내역 및
안전관리는 이렇게...

WFK 해외봉사단원은 국내훈련, 현지적응훈련 및 봉사활동기간 중 안전하고 효과적인 활동을 위해 각종 지원을 받게 됩니다.

파견 전

국내훈련기간
국내훈련수당 및 훈련용품 지급
예방접종 및 휴대용 안전장비 지급
재해보상

출국준비기간
여권 및 비자발급 지원
왕복항공료 및 화물탁송료 지원
출국준비금 지급

파견 후

현지정착비

주거비 및 생활비
봉사단원 파견국 물가수준 고려 지급

활동지원
활동물품구입비, 현장사업비 등

봉사단 유숙소 운영(수도에 한함)

건강 및 안전 관리

- 재해 및 상해보험 가입
- 긴급후송서비스(SOS) 재난발생시 안전한 지역으로 후송
- 의료지원 상해 · 질병 치료비 지원 / 연간 정기 건강검진 실시 / 24시간 의료상담

KOICA 안전종합상황실
해외 긴급상황발생시 신속 대처할 수 있도록 24시간 운영합니다.
031.740.0640

06

해외봉사단원
활동종료 / 귀국 후 다양한
기회가 제공됩니다

KOICA 지원 및 기회제공

임기를 종료하고 귀국한 단원들에게는 신속한 국내 적응을 돕기 위해 국내정착금 및 취업 정보지원, 장학 혜택, 국제협력사업 참여기회 등이 제공됩니다.

국내정착지원금 지급

파견기간 중 적립한 소정의 금액(월50만 원)을 국내정착지원금으로 일시 지급

취업지원센더 운영

귀국단원들의 국내정착 위한 취업지원센터 운영
해외취업정보제공 해외유망직종안내, 구인정보 제공

국제협력활동 지원

KOICA 직원채용시 우대 귀국봉사단원이 직원이 되면 봉사기간 경력 인정

장학금 지원

봉사 활동 분야 및 국제개발협력 관련분야 석·박사과정 진학 시 심사를 거쳐 장학생 선발

국내 봉사단네트워크

한국해외봉사단원연합회(KOVA) 봉사활동 경험을 살려 봉사문화정착과 제3세계 지원 등 공익적 사회활동을 목적으로 하는 귀국단원들의 모임
지역 커뮤니티 수도권 포함 총9개 국내 지역별 커뮤니티 운영

“주고오려 했는데
더 많은 걸 받아 왔어요”

해외봉사활동은 흔히 많은 것을 포기하고 희생하
는 것으로만 여겨집니다. 그러나 경험해 본 이들은
오히려 얻은 것이 더 많다고 합니다.

"실질적 성과를 거두는 것도 중요하지만 그들 가운데 하나가 되는 것이 더 중요하다....
혼자 할 수 있는 일이 거의 없었다. 그래서 도움을 주려고 왔는데 오히려 도움을 받고 간다."
안예현(도시계획, 2007-2009, 네팔에서 활동)

내가 가진 능력을 나누는 것은 보람 있는 일이며,
성숙한 인격을 완성하는 지름길입니다
"해외봉사활동, 그 특별함"

"다른 사람에게 내게 있는 것을 나누어 줄 때 그만큼 좋은 무언가가
내 안에 채워지는 것을 경험했다"
김영동(간호, 2007~2009 페루에서 활동)

한국국제협력단(KOICA)은 대한민국의 자랑스러운 이름을 지구촌에 널리 알릴 수 있습니다.

"시간이 지날수록 한국인이라고 알게 되고, 돈이 목적이 아닌 봉사, 나누러 왔다는 걸 알고
고마움을 표하는 사람들이 많아졌다"
김유신(사회복지, 2007~2009 방글라데시에서 활동)

07

더 좋은 세상
함께 만들어가요
Making a Better World Together

우리 정부의 대개도국 무상협력사업을 전담 실시하는 외교통상부 산하 정부출연기관으로 1991년 4월 설립되었고 프로젝트, 해외봉사단파견사업, 국내초청연수 등 다양한 사업을 통해 개발도상국의 경제사회발전을 지원하고 있습니다.

해외봉사단 모집상담센터

주소 : 경기도 성남시 수정구 대왕판교로 825 (461-833)
한국국제협력단 월드프렌즈사업본부 1층
운영시간 : 09:00-18:00 (중식 12:00-13:00)
전국공통전화 : 1588-0434
팩스 : (031)740-0662
홈페이지 : http://kov.koica.go.kr
모집상담이메일 : kov1@koica.go.kr

대중교통편 안내

- **광역버스** : 6800번
  (지하철 강남역3번, 양재역9,10,11번 출구 노변정류장
  승차 - 나라기록관 앞 하차)
- **광역버스** : 1007, 1007-1, 5600, 6900
  (지하철 수서역6번, 잠실역6번 출구 수원방향 승차
  - 나라기록관 앞 하차)
- 협력단~양재역 순환차량(25인승) 일3회 운행
  (양재역 9번출구 서초구민회관 앞
  / 10:30, 14:00, 16:30 출발)

내 이름은
테스파

초판 인쇄   2013년 12월 16일
초판 발행   2013년 12월 20일

지 은 이   박강민
발 행 인   김영목
발 행 처   한국국제협력단
주   소   경기도 성남시 수정구 대왕판교로 825
전   화   031.740.0114
팩   스   031.740.0655
홈페이지   http://www.koica.go.kr

펴 낸 이   윤태현
편   집   선형숙
디 자 인   윤의숙
펴 낸 곳   시나리오친구들
출판등록   1999년 3월 5일 제201-13-917호
주   소   서울시 마포구 아현동 275-2
전   화   02.712.9286
팩   스   02.712.9284

printed in Korea ⓒ 2014 박강민
ISBN 978-89-89538-55-4 (03810)
값 13,000원